我有
所念人

高云峰◎著

作家出版社

图书在版编目（CIP）数据

我有所念人 / 高云峰著. -- 北京：作家出版社，2021. 12
ISBN 978-7-5212-1800-8

Ⅰ. ①我… Ⅱ. ①高… Ⅲ. ①散文集 - 中国 - 当代
Ⅳ. ①I267

中国版本图书馆CIP数据核字（2022）第020681号

我有所念人

作　　者：高云峰
书名题字：李志平
插　　图：张　鹏
责任编辑：兴　安
装帧设计：意匠文化·丁奔亮
出版发行：作家出版社有限公司
社　　址：北京农展馆南里10号　　邮　编：100125
电话传真：86-10-65067186（发行中心及邮购部）
　　　　　86-10-65004079（总编室）
E-mail:zuojia@zuojia.net.cn
http://www.zuojiachubanshe.com
印　　刷：北京盛通印刷股份有限公司
成品尺寸：142×210
字　　数：180千
印　　张：9.75
版　　次：2021年12月第1版
印　　次：2021年12月第1次印刷
ISBN　978-7-5212-1800-8
定　　价：66.00元

谨以此书献给我的母亲，您历经千难万难供我读书认字，我用学会的字，写下对您无尽的思念。母亲不识字，儿子一句一句念给您听。

目　录

让生命中最重要的人在文字中永生

　　我的老家在陕西省神木县花石崖乡高念文村，一个坐落在黄土沟壑里的小山村，南距黄河九十华里，北距高家堡石峁五十华里。

　　高念文是一个人名，大约在明朝成化年间，这个人不知从哪里携家带口来到这里，择泉而居，开荒耕种，休养生息，迄今五百多年三十代人。不知从哪一代开始，高念文的后人为纪念先祖，把村名叫成高念文。

　　直到我的爷爷这一代，除了佛堂岔永兴寺里的一块重修记事的石碑，算是有文字记载留世，再无片纸只字。在高念文这块土地上，至少有两千多先人生存过，但是，他们曾经有过怎样的生存努力、怎样的生活方式、怎样的爱恨情仇、喜怒哀乐都被岁月的尘土深深地掩埋，了无痕迹。

人活一世，草木一秋，是老家人的口头禅。

我的母亲目不识丁，瘦弱多病，苦苦支撑一个破碎的家，养育大六个子女，创造了倾巢之下有完卵的奇迹。母亲的苦难、坚强、智慧、大爱深深地刻在我的记忆里。我常常会想，有一天我不在人世，我记忆里的母亲也会和高念文所有的先人一样了无痕迹，这是我最不甘心的事，这也是我写下《为苦难而生的母亲》最早的动机。

《为苦难而生的母亲》在朋友圈发出后，一个礼拜的阅读量超过五万，我的侄女琴尧在下面评论说："感谢三爸把这一切写出来。"看到这句话，我止不住流下热泪，我就是要让我们的下一代知道，你们的先辈曾经怎样活过，就是想让我们的亲人在文字里永生。

2018年，《为苦难而生的母亲》获内蒙古自治区第十二届索龙嘎文学创作奖。在领奖台上，手捧金光闪闪的奖杯，我默默对母亲的在天之灵说："妈妈，您的儿子写您的文章得奖了!"

和写母亲的动机一样，我想把我生命中经历过的最重要的人写下来，这样的人有的已经不在，有的还在，无论在与不在，只要写入我的文章，他就永远在。

正是这样的写作动机，决定了我的散文写的是真人真事，只有个别人因为特殊原因有隐讳，但我心里知道我写谁，亲人们也一定知道我写谁。为了讲述得真诚真实，我写作时常常假设对面坐着我的女儿或者是知心朋友，把我记忆中印象最深刻的故事讲给他听，这样的氛围不允许我虚构。再说，我的文学水平制约了我虚构的水平，虚构的远远不如真人真事更精彩、更感人。

读者朋友，假使您有缘读到了这本小书，千万不要用文学作品的标准来要求我的作品，我没有写作的天赋，更缺乏写作的技巧，我就是想把我记忆中的人和事讲给您听。每当我要写一个人，就极力地回忆我和他有过的点点滴滴，我固执地认为，凡是我忘不掉的就是重要的、有意义的。神奇的是，原本我记得不太清晰的往事，这样的事有的已经过去了半个多世纪，但当我要写出来的时候，沉睡的记忆一一苏醒，场景、细节、音容笑貌纷至沓来，我甚至怀疑我写的人一起和我参与了回忆。

"我有所念人，隔在远远乡。我有所感事，结在深深肠。乡远去不得，无日不瞻望。肠深解不得，无夕不思量。"这段话是我对亲人、故人情感最真实的写照。

我将此书献给我的母亲和我生命中所有给予我温暖和感动的人，因为有了你们，我没有白活。

作者

2021 年 9 月 10 日于呼和浩特

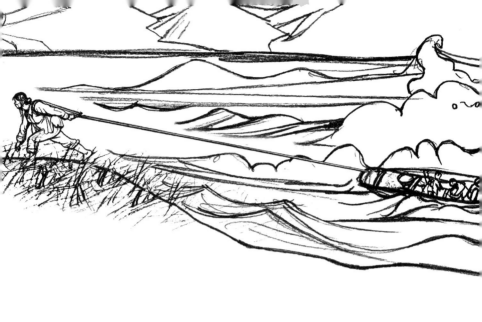

为苦难而生的母亲

清明节，在母亲的坟前烧过纸钱，从山上回到城里，竟不由自主地走到了母亲曾经生活过的小巷里，在伸手去敲那扇铁皮大门的瞬间，仿佛听到了门里窸窸窣窣的开锁声，还有那夹杂在轻咳声中的苍老的我的乳名……"妈——"这一声回响在心底却发不出声的呼喊，惊醒了我！望着紧闭的锈迹斑驳的铁皮大门，我蓦然意识到，母亲唤儿乳名的声音永远不会再在门里响起！母亲离开这个小院、离开我、离开她的孩子们已经整整十年了。

　　我对母亲最早的记忆始于"襟有"（陕北把孩子送人的土话）弟弟这件事。记得那一天，家里来了一个干部模样的人，身材高大，宽眉大眼，笑容慈祥。从进门开始，这个人眼神就没有离开弟弟，对弟弟说："只要你到我家，天天有好衣服穿，好东西吃。"

三岁的弟弟趴在母亲的怀里，吓得大气不敢喘，更不敢正眼瞧一下这个要给他当爸爸的人。母亲紧紧搂着弟弟，面露悲戚，眼睛无神而茫然。听说要把弟弟"襟有"给别人，闻讯赶回家的二姐又哭又闹，还破口大骂。二姐一哭闹，我也跟着哭，心里万分不解，如此聪明可爱的弟弟，母亲咋就舍得给了别人？三个孩子一哭，母亲的眼泪像断了线的珠子往下掉。"干部模样"的人看这一家母子哭成一窝，仿佛生离死别，眼睛红红地赶紧走了。

把弟弟"襟有"给别人，似乎是一个常说的话题，我听邻居、外爷、舅舅都给母亲说过这样的话：把孩儿给个好人家，孩儿逃个活命，大人也少受罪。母亲始终没有松口。母亲三十六岁离婚，弟弟在母亲三十六岁这一年出生，弟弟与母亲的不幸一同降临。也许，母亲舍不去自己生命的牵挂是这个离不开母亲的儿子，活下去的勇气还是这个离开母亲无法活的儿子。

"干部模样"的人走了，母亲边抹眼泪边对二姐说："高叔叔是干部，又没孩儿，让福林（弟弟的小名）到人家逃个活命吧！"二姐听妈妈这样说，放声大哭，边哭边说："讨吃一起讨，饿死一起死，谁也不多余，就多余福林？"二姐的话戳到母亲的痛处，母亲忽然停住哭声，歇斯底里地吼道：

"罢！罢！罢！要死一起死！要死我先死！"

从此，无论任何人任何家庭，再提"襟有"，母亲都坚决拒绝，没有任何商量的余地。当我有了孩子，我明白了母亲的心，也知道了母亲的苦和痛。母子连心，送人是心头剜肉，不是万不得已母亲怎能出此下策。二姐和我只是手足难舍，年幼无知，不懂母亲把孩子送人其实是在亲情与活命的两难选择中，选择了后者。令母亲没想到的是，生生扯断亲情，比死都难！

六十年代末，我们家就好像一条在风雨中逆水而行的破船，船上挤着瑟瑟发抖的五个孩子，不会驾船的母亲用瘦弱的肩膀拉着纤绳牵着这条破船，为了船上的人能够活命，母亲在风雨中拼尽全力，以命相搏。仔细算来，那时母亲还不到四十岁，腰背佝偻，身材瘦小，面容沧桑，眼睛不大但有神、秀气、灵气。

1965年，父亲与母亲离婚。当时，十七岁的大姐刚刚出嫁，目不识丁、瘦弱多病的母亲拉扯着五个孩子，大哥不满十四岁，弟弟不满周岁，中间还有二哥、二姐和我。父母离婚时判定母亲和五个孩子的生活费每月三十元。可是，1965年冬天离婚，1966年秋天"当权派"父亲被打倒，不要说给家里生活费，自己连工资也没有人发了。一家六口六张嘴，首先吃饭就成了大问题。生产队分粮是"人七劳三"，就是按人头分七成，按工分分三成。我们家一窝妇

7

孺，尽管二哥十二岁就参加劳动，但工分挣得少，没有劳力，三成分不到一成。

我的记忆，母亲一年有两个关不好过，秋天分完粮食要给人家打粮钱，每年五六十元，在当时这是一笔巨款，必须在旧历年底要给清。另一个大关是每到第二年的三四月份，家里的粮就吃完了，母亲称之为"刮瓮成干"，因为家里的粮食盛在瓷瓮里。我在没上学之前就知道了"青黄不接"这句成语是什么意思，黄的粮食吃完了，地里青的能吃的还没有长出来。为了尽最大限度缩短青黄不接的时间，母亲将仅有的粮食极尽节俭，稀饭清可鉴人，窝头面两斗糠一斗玉米磨成。稀饭喝了只是不抗饿，还没有什么后遗症，窝头不仅扎喉咙不好下咽，更严重的是吃进去三天才拉一次，每次干肠拉不出来要用筷子抠。我自己一个人不敢拉，看见大哥、二哥拉赶紧和他们凑在一起，拉不出来也有人帮忙。弟兄几个拉出的粪便干硬干硬，每次都带着血丝。倭瓜、土豆、酸菜顶多一半主食，树皮、草籽只要是能充饥的东西，母亲都会设法炮制成食物。就这样，至少有一个月的时间要借粮。按远近亲疏挨着往过借，母亲手里拿一个白洋布做的口袋，也就能装十多斤，进了人家门，不用开口，人家就知道了来意。那年月普遍穷，不会有宽余的粮食，但是救命要紧，没多少，量力接济，最少的有给借过一碗小米，别小看一碗米，可以和非主粮陪伴坚持三四天，没有主粮，光吃其他植物，很快就会浮肿。有一年春天，我和二姐去胡家舅舅家借粮，头天晚上去，到第二天早上，二姐让我开口，我让二姐说。因为胡家舅舅不是亲舅舅，两个人谁都不敢开口，在院子里忸怩。其实，头一天晚上，舅舅就知道我们家一定是断顿了，和妗子已经商量好接济多少。

舅舅对我俩说："是不是断顿了？"

我和二姐争着点头。

舅舅叹了一口气说："先救急吧，都不宽余。"

我和二姐欢天喜地地背着舅舅给的十多斤粮食返回，至少半个月内是饿不死了。再过半个月，地里就长出苜蓿，树上就结出榆钱，槐花、柠条花就会漫山遍野，到那时，我和二姐就有了用武之地。为了不被饿死，母亲把陕北山上长的有可能变为食物的植物，几乎都试着吃过了。怕有的植物有毒，她先吃，吃过一天以后没有什么危险后果，全家人再吃。小时候不能得病，无论什么病，一病至少在炕上昏昏沉沉睡半个月。那时虽然小，但只要听到谁家的母亲直声哭喊，就知道这家的孩子病死了。饥饿的人营养差免疫力低，加上缺医少药，感冒、拉痢疾都会死人，得病不死全凭命拽。我的母亲领着五个嗷嗷待哺的孩子，在饥饿和死亡线上挣扎，前行的力量就是身后紧跟的死神。

吃是大问题，穿也是大问题。全家人的衣服鞋袜全是手工缝制，冬换棉夏换单，光是衣服鞋袜，一家六口人一个人

9

常年做都忙不过来。母亲一年四季除了下地干农活做饭洗锅，手里总有针线活，不是织毛袜就是纳鞋底。冬天的晚上，煤油灯下，一夜一夜地熬。积劳成疾，母亲患上严重的支气管炎，咳嗽一声接着一声，煤油灯下熬夜做鞋缝衣却不能停息，常常是鸡叫了，才和衣而卧。睡梦中会被母亲的咳嗽声惊醒，睡过去，再醒来，母亲还在边咳边做。有时，是一边唏嘘哭泣，一边做针线活，先抬起衣袖擦眼泪，再把针扎进鞋底。她没有停下来痛哭的时间，也没有停下来生病的时间。村里的婶子、大娘也知道母亲的艰难，尽可能地帮她做针线活。懂得母亲缝衣做鞋的不易，我们弟兄几个从春天地不凉开始，一直到秋天天凉之前都打赤脚，不穿鞋。哥哥、姐姐长个儿了，衣服短了不能穿，拆改拆改我和弟弟穿。棉衣挖去棉花就是冬春换季的夹袄，夏天大多数时间只穿半裤半褂。

住的家是爷爷土改时分的一孔土窑洞，传说是我们村立祖高念文挖的。我考证我们村至少在明朝成化年间（公元1465—1487）有了人生存的记载，由此说来，我们家的土窑洞有至少五百年的历史。这个有五百岁的老窑，深不过五米，宽不过三米，高不过二米五，使用面积也就是十五平方米。一半是炕，一半是地，地上四分之一的地方是锅台。不到六平方米的炕上大小睡六口人，大姐回来或者亲戚来了，我和二哥就要到别人家或是奶奶家借宿。这一孔老旧的土窑洞庇佑了寡母幼子一家六口人，也容纳见证了母亲所有的苦难。

物质上的压力是有形的，对离婚鄙视的固有观念，对"当权派"被打倒的幸灾乐祸，茶余饭后的风言风语，都是弥漫在这个破碎的、风雨飘摇的家庭令人窒息的无形的精神压力。别的不说，秋天每次分粮食，打谷场上总会听到人家骂骂咧咧。

母亲总担心生产队的会计会有意给我们家少算，每次分粮，母亲总是先把自家能分多少心算出来，现在想想真是一个奇迹。那时生产队分粮，先是用木斗盘出总量，再按人七劳三计算。比如要分的粮食正好是一百斗，按人分的七十斗除以生产队的总人数，再乘以家庭人口，是按人分的数。按劳动工分分的三十斗既要知道当时劳力的总工分数，又要算出每一分分多少，再乘每家的工分，才能算出按工分的数，人口数加工分数才是某一家人的总数。整个运算加减乘除四则混合运算全都得用上，会计用算盘噼里啪啦打几个小时才能算出来。母亲只要知道了总数，一会儿就知道我们家能分多少。有几次，会计算的和母亲不一致，母亲让重算，果然是会计错了，为此会计和我们家结了仇。

孩子多自然会惹事多，尤其是我，是村里有名的调皮鬼、孩子王，下河捉蝌蚪，上山追兔子，吵嘴打架，无所不及。母亲是一个爱面子的人，特别怕别人骂"有人养，没人教"这句话，对我们兄弟姊妹管教十分严。

一个夏日的晌午，趁大人们午休，我在生产队饲养院的窑脑畔掏麻雀窝，小伙伴扯着我的双腿，我的半个身子在上，半个身子探下去，用一根圪针条掏。麻雀窝里鸟蛋或者是幼仔，蛇都喜欢吃，有时鸟窝里会有蛇，不能伸进手掏。陕北窑洞为了防水，在离窑顶一尺的地方都安装石板房檐，也是一尺多宽。房檐都是沙石板做的，年长日久，风化严重，极其脆弱，搞不好会连人带石板檐一起掉下去。我把圪针条伸进麻雀窝，里边的麻雀幼仔吱吱乱叫，头顶上老麻雀飞来飞去，拼命嘶叫，恨不得扑在我的头上撕啄。圪针条前端有刺，麻雀窝是老麻雀衔乱麻、布条、鸡毛垫成，伸进去一转就拉了出来，正准备伸手抓窝里的四只雀儿，忽然看见母亲站在院子里怒目圆睁，手里提着一根柳条。手一哆嗦，雀窝掉在了院子里，四只还未长出羽毛的幼雀，一边吱吱乱叫一边挣扎，老麻雀围着幼崽，夯着翅膀尖叫。"小林，下来！"母亲叫我小名的腔调都变了，声音不高，却怒气十足。我在窑顶，母亲在院子里，逃走很容易，但我没有这样做，村子里有好多人看着，我不能让母亲没有面子。尽管磨磨蹭蹭，我还是下到院子，还未站稳，屁股上就挨一顿乱抽。

我还没哭，母亲先哭了，她拉我走到掉下来的麻雀窝边，那几只小雀儿奄奄一息，母麻雀围着自己快要死去的孩子一边转圈一边嘶叫，并不怕人。母亲指着地上嘶叫的母麻雀说："妈妈就是这只母麻雀！"话未说完，泣不成声。尽管懵懂，我还是恍然明白了母亲的心，想起我们这个家，想起母亲为儿女所做的一切，心如扎针条在掏。从此，我再没有做过一次戕害小生灵的事。

"文革"武斗最激烈的时候，父亲回到村里避难，领着他年轻的妻子。有一天凌晨，我被叭叭的枪声惊醒，村子里人声嘈杂，脚步纷乱。

几个挎枪的人走进我家院子，其中一个问正在喂猪的母亲："你是高××离婚的老婆?"

母亲很镇定地回答："是了。"

"我们调查了，高××回到你们村里了，你见没见?"

"离婚了，人家回没回，我不知道。"

其实，父亲就在院子东边的奶奶的窑洞里，只要母亲使一个眼色，来人去东边的窑洞就能逮个正着。那些年，老家花石崖墙壁上、电线杆上到处写着"活捉高郯钞"的标语，高、郯、钞是保皇派组织"农代会"的头头，高就是我父亲。这次来的是神木县最大的造反派组织"红工机"，"农代会"的死对头。乡亲们说我父亲要是被"红工机"抓回去，必死无疑。因为母亲的掩护免于一劫的父亲，从此格外小心，每天换一家，有时就到二十里外马家湾姑姑家躲几天。解放前干地下党的经验，与红卫兵捉迷藏全用上了。父亲在村子里断断续续隐蔽了一个多月，这是我们父子最长的相处。这个被世人唾骂的人，我的母亲从来不骂，无论是人前还是人后。

六十年代末，"文革"武斗结束，学校复课闹革命，学生们开始上学，二姐也要去上学。二姐虽然只有十三四岁，已经成了母亲的硬帮手，砍柴割草挖野菜，做饭洗锅看弟弟，穷人的孩子早当家，里里外外一把手。之前在村里二姐断断续续念到四年级，这次复课读五年级，就要到离村十里外的任念功村。这样，干活为主捎带读书就反过来了，成了读书为主，早出晚归。念了有三个多月，家里乱了套，母亲决定让二姐辍学。偏偏二姐酷爱读书，在村里边干活边读书是班里学习最好的，去任念功一个班有四五十人，依然是班里的拔尖生。二姐头脑聪明，记性好，手脚利索，还天生一副好嗓子。不让她读书，简直是晴天霹雳，根本无法接受，每天早上起来拿两个冷窝头连招呼都不打就走了。为念不念书，母女俩成了仇人，一个骂，一个哭。母亲原本是极其支持我们念书的，一来她当过干部的家属，在县城生活过十多年，比一般农民有见识。二来自己因为没文化吃了大亏，所以骨子里认为读书才能有出息，才能改变命运。村里的每一位小学老师，无论男女，母亲都和人家是好朋友，夏天到了，隔三差五地给老师送个瓜呀菜呀，偶尔吃顿好的，还打发我端一碗给老师送去。在母亲的直觉中，自己的孩子要学习好，得靠老师。无奈，她拉扯的这个六口之家，生存第一，她得统筹安排，就像指挥一场生死战役，谁打冲锋，谁断后，牺牲谁，保住谁，指挥员必须做痛苦的抉择。不是供不起二哥、二姐念书，那时候念书不花钱。关键是他们念书了，家里的活没人干了。二哥十二岁就跟生产队干活挣工分，二姐既要看弟弟，做饭洗锅，家里喂的猪和羊也得靠她。母女俩僵持了半年，二姐拗不过母亲，只好辍学。二姐不念书，同学老师都十分惋惜，校长马宝宁专程来我家说服母亲。母亲一边哭一边诉，马校长陪着掉眼泪，听完长叹一声走了。

后来，二姐说马校长给她出主意："去找你爸爸，他当官，总有办法。"

村里人也给二姐说："你大当官，你去找他，让他供你念书。"为了念书，十四岁的二姐毅然决定离家，只身一人去县城。

二姐脾气暴，性格烈，母亲知道挡不住，只是哭着对二姐说："你可想好了，娘后老子后。"

走的那天，母亲站在硷畔上望着二女儿离去的背影，默默地哭泣，腰背佝偻的母亲似乎一下子又矮了许多。二姐的身影在村头拐弯的地方消失了，母亲瘫坐在硷畔上失声抽泣，空旷的硷畔上母亲瘦小的身影孤零零的，清晨的冷风吹着她稀疏零乱的头发。

七十年代初，神木县大办工业，大哥以回乡知青的身份被招进玻璃厂当了工人。大哥的婚事在母亲的心中成了头等大事，我们村子里老小光棍有二三十号，家里有光棍是最不光彩的事，可以说，那年月除了成分，就是用家里有无光棍区别好坏人家。母亲内心有一个强烈的信念，虽然我寡母领着一群幼子，是一个千难万难破碎的家庭，但儿成婚女出嫁，该干什么干什么，绝不能让人瞧不起。自从大哥二十岁出头，母亲就放出风要给大儿娶婆姨，四处托人，到处察访。大哥当了工人，身价倍增，主动上门给说合的隔三差五。那是一个夏日的午后，我还在学校的院子里玩，听大一点的同学叫喊："快看，老大看婆姨回来了！"

打扮得齐整光鲜的大哥略显羞涩地跟在三爷爷的身后，三爷爷更是喜上眉梢，不等人家问就一连声说："成了成了，高兴庄×××家女子！"

听到好消息，母亲喜得合不拢嘴，赶紧给媒人三爷爷做白面吃。

"彩礼多少？"母亲终于憋不住问最关键的问题。

"三百六十块，三身衣裳。"三爷爷答。

"不贵，不贵。"母亲高声说。

"老子死得早，哥哥做主，看利重，说不倒。"三爷爷似乎有点歉意。

"只要人好，我们援朝看上，其他的都在后。"

话是这样说，钱从何来？说定这件婚事，母亲不要说三百六十块，恐怕连三块六都没有。大哥是当了工人，可还在学徒期，一个月十八块，连自己的吃穿都不够。从此，大哥未婚妻的哥哥每月至少来我们家一次要彩礼，每次凑十块钱都要东挪西借。只要瞭见那个名叫续生的人从前村的圪洞里下来，一家人就开始犯愁。

有一次，续生看中我家炕上铺的地毯，提出用地毯顶账。地毯是父母没有离婚前在县城居住时置办的。神木地毯是传统手工制作的精品，纯羊毛，做工精细，式样考究，色彩艳丽。我家的地毯图案是一只五彩缤纷的凤凰，因为炕上铺这块地毯，破烂的土窑洞有了一抹贵气，陌生人走进这个一贫如洗的家，看见这块地毯，会顿时觉得这家人与众不同。我曾经不止一次领小朋友到我家，兴奋而小心翼翼地拉开苫布向他们炫耀地毯。对于母亲，地毯更是记录了她曾经有过的荣耀，也是她当官的前夫留下的唯一纪念物。平时，地毯铺在前炕，母亲既不允许我们在上边玩，更不允许我们在上边睡。只有大姐回来，或者外爷来了，才有资格睡在地毯上。就是这样一件家里唯一贵重的仿佛家庭成员一样的"摆设"，某一天不见了，我和二哥、二姐都知道地毯去了哪里，但都不说，各自在心里痛，母亲是最痛的那个人。

地毯三百块买的，只抵顶了一百二十块，剩下的用什么抵顶？外婆知道自己的女儿过不了这个坎，要拿出自己的"体己钱"给母亲救急，但母亲坚决拒绝。

母亲生于1929年，三岁那年，家里先是被土匪抢劫，后遭水灾，原本富裕的家庭匪连祸接，顷刻溃败。遭水灾时，外婆为了抢救财物，冷水里泡了几个小时，落下妇科病，不能再生育，为了延续李家的香火，外婆外爷协商离婚，外婆领着母亲再嫁到了胡家。胡家也是当时村里的富户，常年雇着长工，农忙时还加雇短工。母亲十四岁时，嫁给了曾经跟着爷爷在胡家外爷家打过短工的父亲，外婆看中父亲能吃苦、身体好、有头脑。爷爷带着父亲给胡家外爷打短工，财主家主动要把女儿嫁给穷人，真是天上掉馅饼。母亲结婚时，外婆不仅没有要彩礼，还另借给爷爷一石谷米办亲事，时间是1943年。世事变化远远超出当事人的想象，结婚借的一石米未还，结婚的人离婚了，借米的爷爷在儿子离婚的第二年连气带病也去世了。母亲突遭婚变，胡家外爷可一直记着这笔账，"文革"时，父亲回花石崖老家拉起"农代会"，胡家外爷去要账，父亲连自己喝一碗米汤都有上顿没下顿，拿什么还他一石米。七十年代末，父亲当了米脂县委书记，胡家外爷寻到米脂县委，提出坐一下"县太爷"的小卧车顶账。父亲只好派小车拉着胡家外爷围着米脂县城转了十几圈，直到把胡家外爷转晕才罢。胡家外爷心满意足地回到胡家塔，逢人便夸小卧车的好。所谓小卧车，就是帆布篷北京小吉普212，现在已经淘汰了。

母亲一定是想自己结婚借的一石谷米还未还，自己的儿子结婚又向娘家借，况且外婆也是年老多病，也该留点体己

18

钱救急。然而，剩下的一百多块钱实在是没有来处，原定的婚期一天天临近，给不了彩礼娶不回媳妇，亲戚朋友到了媳妇不到那可就出了大丑。母亲只好派二姐背了一个破书包，悄悄背回一百块大洋。"文革"时，银元不仅不能流通，发现了还一律没收。所以，顶彩礼账一块银元只顶了一元人民币。

七凑八凑，地上加地下，总算还清了彩礼。第二年初夏，母亲为大哥举办了婚礼，尽管婚礼简朴寒碜，但该有的程序礼仪应有尽有。母亲像指挥一场战役的将军，神情严肃，言语短促，大事小事都来请示她，由她说了算。那一天，我忽然觉得母亲好厉害、好高大！这场付出母亲极大代价的婚姻，只维持了三年就失败了。儿子想为苦难中的母亲找一个帮手，母亲要为破碎的家庭树起一杆精神的旗帜，母子都偏离了婚姻的轨道，互爱变成互害。

对母亲打击最大的，莫过于外婆的离世。我的印象，外婆一直肚子不好，可是从没有听母亲说起外婆有致命的疾病。1972年5月的一天，母亲还在地里劳动，忽然，胡家塔来了一个叫胡润怀的人来叫母亲，说外婆病重。紧赶慢赶，见到外婆，已经咽气了。听舅舅说，当天早上外婆就不好了，还是外婆让快去叫我母亲。一直临近中午，外婆一遍遍睁开眼睛向女儿来的方向望，终于没有等到这个最最放心不下的女儿，一步三回头，走向另一个世界。

胡家塔村由胡、李、张三姓组成，三姓即三个家族。历史渊源，加上现实利益，三姓家族既有内部矛盾，又有外部冲突。外婆在三姓中都享有极高的威信，说大事，了小事，既调解村里大的矛盾，也解决家庭内部小的纠纷。听胡家塔的人说，外婆虽说是女流之辈，但"牙钩"有力，话说在点上，人不得不服。对于我的母亲，外婆就是她的精神支柱，就是她活下去的力量。现在外婆走了，母亲的天塌了，地陷了！只要跪在外婆的灵前，一声哭出去，母亲就昏倒在地，如是十多次。母亲的悔恨除了和天下的女儿一样，还有她独有的悔恨，外婆知道母亲这个家的千难万难，有病也不告诉母亲，把体己钱给了母亲，有病也不去医院。母亲认为外婆是因为她，又急又气又担心才得病早早地去世了。胡、李两家的舅舅们坚决不让母亲再哭，派了人日夜照顾，生怕母亲也出了意外。

我小时候到山上砍柴挖菜，经常会听到某一个山坳里有女人在哭诉，当我学了"如泣如诉"这个词，耳畔就想起老家山野上飘荡的那一声声哭诉。这些哭诉的女人有的是因为父母亡故，有的是因为孩子早夭，有的是因为挨了丈夫的打、公婆的虐待，有的是因为忍受不了生活的艰难苦累，总之是一肚子的委屈无处诉说，就找一个没人的山坳，放声痛哭一场，把痛苦委屈说给山，说给草，说给风。现在回想起来，那一声声的哭诉中，有一声一定是我母亲的。

人常说：苦尽甘来。母亲六个孩子，五入公门，二哥虽

20

在农村，也是村里日子过得最好的。母亲八十年代初从农村搬到了县城，从此，再也不用为温饱发愁。可是，随着儿女一个个成家立业，母亲却成了孤独一人，一个个的长夜，只有一声声的咳嗽相伴。家家都有难念的经，儿女们每一家但凡有难念的经，就去给母亲念，尤其是媳妇们一有委屈就找母亲。她们哪里知道，母亲满腹都是委屈，去向谁诉？母亲坚持不让雇保姆，儿女前脚雇，她后脚辞，如是再三，直到生命的最后一年，实在不能自理，才和二姐住在一起。病痛再厉害，从不告诉儿女，每次住院几乎都是半强制。母亲晚年最大的荣耀就是向人夸赞她的儿女、孙子、外孙如何了得。从母亲身上，我体会到儿女对父母最大的孝顺是：做一个她眼中有出息的人。在我求学的历程中，曾经遇到过许多优秀的老师，他们对我的成长产生过重要的影响，但仔细想来母亲才是影响我最最深刻的老师。

母亲身高不到一米五，体重不足八十斤，瘦弱多病。可是，在我的心目中母亲是一座山，一座生命的靠山。与命运顽强抗争，我不是在书本里学的，是在与母亲相依为命中体验的。一个没文化没职业的女人被抛弃算得上不幸，而一个没文化没职业的女人连同她的六个孩子一起被抛弃，不知道有没有比这更悲惨的命运。而这个悲剧上演的时代背景是"文化大革命"最混乱的年份。除了大姐刚刚出嫁，剩下的五个孩子，长不足弱冠，幼尚在襁褓。不是母亲拼死维持，五个孩子的人生结局真是难以想象。我已年届知天命，回顾自己的人生，对比母亲的一生，我常常想这样一个问题：是什么力量支撑着这个瘦弱多病、目不识丁、孤立无援的农村女人创造了倾巢之下仍有完卵的奇迹？

只要一息尚存，面临绝境不绝望。三十六岁遭离异，被抛弃，应该绝望；五个孩子嗷嗷待哺，缺吃少穿应该绝望；无米下锅，断炊再三，应该绝望；缺医少药，孩子在炕头奄奄一息，应该绝望；明知孩子读书有前途，被迫辍学，母女反目，应该绝望；亲人突然离世，应该绝望……只要母亲绝望，五个孩子就没有一点希望。

胸膛里跳动着一颗永远真诚善良的心。母亲一生最需要别人的帮助，但她总在帮助别人。村子里经常有小孩子生病，母亲有养育六个孩子的经验，脑子里记着无数的小偏方，谁家孩子有病，只要人家求到门上，不管忙闲，不管迟早，母亲有求必应，治不了病，也陪着人家心焦。别人家修窑打地基或者是此类需要人手的大事，不用人家来求，主动打发我们兄弟去帮忙。

有一天半夜，忽然听说村里的人得了急病，要立马抬到公社医院去，病人家并没有叫我们家帮忙，但母亲催二哥赶快穿衣服，去抬病人。半夜走了，直到第二天中午才回来，人得救了，但主家只顾救人，抬人的连一口水都没喝。二哥当时也就十七八岁，颇有怨言。

母亲开导二哥："好人的名声和钱一样是慢慢攒的，不是做了一件好事就成了好人。再说，谁都有马高镫低，保不住你哪天也有急事会求到别人。"

我和弟弟大学毕业，有了工作，特别是有了一定的社会地位，母亲爱帮人的秉性到了无以复加的地步，小到找大夫看病找学校读书，大到安排工作提拔领导，捎带还有打官司，母亲有求必应，大包大揽。为了孝顺母亲，她答应的事我和弟弟不管能否做到首先应承，能够做到的尽力去办，更助长了母亲的"气焰"。"我三儿是内蒙（古）的蒙长（有一段时间我曾当内蒙古自治区一个旗的副旗长，母亲搞不懂），内蒙（古）有什么事勤说。"这句话成了亲戚朋友中流传的笑话。

母亲一生贫困，饱受物质贫乏之累，自己极为节俭，甚至说吝啬亦不为过，对别人却慷慨大度，只要有好东西好吃的，一定要和邻里分享。我小时候经常做的一件事就是给左邻右舍送饭。尤其是我们兄妹工作以后，给母亲孝敬的糕点、香烟、茶酒、土特产等稀罕东西，有一半母亲会送给别人。一边送一边炫耀，这个是我女儿给的，那个是我儿子给的，要么是孙子外孙孝敬的。母亲去世后，清理她的遗物，居然有二万五千二百二十元的现金（生前特意安顿要给当年考大学的孙子宝卫五千元），怎么能从可计可数的生活费里节省下这样一大笔钱，至今都是一个难以想象的谜。

2007年"五一"放假，我领妻子、女儿回到神木，车直接开到二姐家中，那里有我日夜牵挂的母亲。两个月不见，母亲身体虚弱不堪，已经不能自己从床上坐起，看见我们一家人，尤其是我的女儿丫丫，她的眼神里依然闪现着慈爱。她要我赶紧把她搬回自己的家中，说："我不能死在你二姐的家。"我讲了许多应该去医院的理由，她坚持不去。我说的这句话打动了她："妈妈，我不是要救你的命，我只是想妈妈即使离开我们，身体也不要太痛苦。"为了成全儿女的孝心，母亲勉强答应去医院。

从车上抱下母亲，去四楼的病房，原准备上楼梯时换成背，可是怀里的母亲轻飘飘的，没有一个小孩子重，我就用抱小孩子的方式怀抱她上楼。听我喘息声重，母亲一个劲嘱咐我："歇歇，歇歇。"妈妈，我哪里是因为抱你累，心沉的我走不动啊！

听说母亲住院，亲人们都纷纷来医院探视，母亲的病房常常人满为患，爱热闹的母亲一下子精神状态特别好，机智、幽默、话多。我再一次见证了母亲惊人的记忆力，自己六个孩子、十四个孙子外孙出生年月日时辰全都烂熟于心，无一差错。孩子是母亲一生唯一的财富，她肯定像一个守财奴，闲来无事，就一遍遍盘点。

去世的前一天晚上，我给母亲做临睡前清洁，先洗头，再洗手，后洗脚，母亲像一个孩子十分乖。我问母亲："妈妈，你怕不怕死？"我看母亲情绪好精神好，有意和她说这个忌讳的字眼。

"不怕，活得早够本了。"母亲痛快地说，母亲一生乡亲们称赞"好钢口"，直到最后时刻说话口齿清晰、干净利索。"不是为了你们兄妹几个，我早死了。而今你们过得都好，我没有放心不下的。"

"妈妈，我老丈人常说，死是一条大路，人人都得走，迟早而已。你先去，后面我们会来找你。"我的岳父经常和母亲拉话，母亲心目中岳父是有文化的高人，他说的话一定没错。

那天晚上，母亲没有一点要走的迹象，可是，第二天早上，二妗子给她喝稀粥，要给她喂，不让，自己端着碗喝，突然碗掉了，人就昏迷过去。

回到家中，母亲一直有呼吸，二哥从老家赶来，她还对二哥说："补朝，咱回家。"这是母亲留给儿女最后的遗言，等她的六个儿女到齐，才撒手人寰。母亲去世的样子十分安详，就像睡着一般，大姐、二姐一边哭一边给她换上寿衣，身体皮包骨头，但干干净净。小时候，最悲伤最刻骨的是想象母亲突然死了，哭到无声无泪，声断气绝。

母亲真的走了，我却异常冷静，甚至为母亲的离去有一丝丝的庆幸：一个人的苦难终于到了尽头！无法治愈的疾病自愈了，无法言说的忧伤无需再说，无尽的孤独成了永恒。

母亲克服千难万难供我读书，我成了一个会写字的人，用文字记录母亲苦难的人生，成了我唯一能够回报母亲的方式。可是我总是没有勇气触碰。母亲离开十年了，我的心债该还了。断断续续地写，哭了停，停了再写，许多细节不能细想，母亲在她人生苦难的历程中有过怎样的挣扎不敢联想，最后写下"为苦难而生的母亲"这个题目，每一笔，每一画，仿佛用刀在心上刻。

2017年5月6日，母亲逝世十周年祭

叫声爸爸

一

1968年深秋，一个阳光和煦的下午，我正在后渠给羊割草，忘记了是谁跑来告诉我："小林，你大回来了，你赶紧回去!"

这一年我六岁了，还没有见过这个被称为"大大"（爸爸）的人，听人这么一说，毫不犹豫地草草收拾起割下的草往家里奔。

回到院子里，觉得气氛格外不一样，圪塄畔上、脑畔上全是人。

我的羊看我回来，欢天喜地地围着我转，我把筐里的苦菜拿给它吃，它却伸出温润潮湿的舌头舔舐我沾满草汁的手。

三大从奶奶的窑洞出来，看见我和羊纠缠，说："灰脑（傻瓜），你大在你娘娘那边，你快去！"

我偷偷瞭了一眼紧闭的家门，妈妈一定在家里忙碌。去见爸爸，妈妈不知道会不会不高兴？我迟迟疑疑地走进了奶奶的家，奶奶的炕上迎门坐着一个红光满面又大又胖的人，旁边炕头坐着奶奶，奶奶坐在这个人身边简直就是个小孩子。前炕坐着一个年轻的女人，我猜想这个女人一定是我的后妈。

地下板凳上坐着有当叔，看我进来，他对我说："小林，看炕上坐的是谁？"

我知道炕上坐的这个人就是我的大大，照片我看过无数次，但我默不作声，下意识地把沾满了绿色草汁的手藏在背后。

后来，据当时在场的人转述，我离开后爸爸说："这小子手背在脊背上，挺有官相。"

有当叔对我说："灰小子，是你爸爸，叫爸爸！"有当叔是当过老师的文化人，他知道当农民的老子叫大大，吃公家饭的老子要叫爸爸。

无论是叫大大还是叫爸爸，我都没叫过，叫不出口。手背在身后，眼睛望着窑顶。平常洗脸靠干活出汗，这天还没出汗就让人喊回来了，灰头土脸。

奶奶说："不要小看这一棵人，做营生顶大事嘞，搂柴打草不识闲（han）。"说着声音就哽咽了，眼里居然流出了泪水。

我有点不明白奶奶，搂柴打草我天天如此，有什么难过的。

奶奶一掉眼泪，窑洞里的人都不说话，一口一口地抽烟。西边的太阳从窗户斜斜地射进来，烟飘进光柱里，就开始扭来扭去。

后来还说了些什么，我又是怎么离开奶奶窑洞的全不记得了。

小时候我在村里是一个打架出名的孩子，与小伙伴发生矛盾，只要对方说"不如你大离婚"，我肯定冲上去扭打在一起。

上大学了，一个同学与我发生口角，居然也用爸爸离婚嘲笑我，虽然没有扑上去扭打，但从此与这个同学断交。

二

第二次见爸爸已经是五年以后，那一年我十一岁。

见爸爸颇费周折，先到了大哥当工人的三堂玻璃厂，又坐拉矿石车去了二姐当临时工的水泥厂，再跟着也在水泥厂当临时工的姑舅哥哥凯朝，到了坐落在神木县城西街的县革委会。

在爸爸的办公室没有找到他，说是下乡去了，我说那就去爸爸的家里，凯朝哥面露难色。

爸爸是凯朝哥的亲舅舅，找舅舅理直气壮，到家里，尤其是舅舅不在的家，他就苶（nié）了。

"你要敢去，我送你到大门口。"他说。

这时候我已经读过《红岩》，我无比崇拜的许云峰、成岗等英雄人物连死都不怕，我去爸爸的家总不至于死。

我对凯朝哥说："你带我去。"

凯朝哥领我到了韩家巷6号的大门口，自己转身走了。

家里只有爸爸的岳母，我见面就叫"外婆"，老太太冰雪聪明，立马就明白这个叫外婆的人是谁。老太太是吴堡人，吴堡人把"孩儿"叫杏儿，老太太杏儿长、杏儿短地和我拉话，问东问西。

现在想起来，我也是一个戳蹭人，胆大不识羞，这个叫爸爸的人，我只见过一面，却从来没有叫过，后妈也是只看见过一次，就敢闯到人家家里去。

晚饭外婆做了猪肉炖粉条大米饭，我吃过猪肉炖粉条黄米饭，从来没有吃过大米，根本就没见过大米。再说，我们家猪肉炖粉条哪舍得像爸爸家放这么多猪肉。猪肉炖粉条拌大米，大米一粒一粒是透明的，猪肉香，大米甜，那个好吃，那个香，真是终生难忘！

这也是我在爸爸家里吃过的唯一一顿饭。

这次到爸爸家里，虽然爸爸不在家，但因为猪肉炖粉条大米饭太好吃，只记得吃，只记得香，其他人是什么态度全忘记了。

第二天早晨，妹妹要上街买糖，外婆让我带着去。爸爸新家庭生的第一个孩子当时只有六岁，模样特别漂亮，大大的眼睛，长长的睫毛，高高的鼻梁，圆圆的脸蛋，卷卷的头发乌黑乌黑。说是让我带着她，其实是她带着我。我一个从来没有进过城的乡巴佬，走在深深的巷子里，走在宽阔的大街上，陌生人来来往往，有莫名的恐惧。

从家里出来到韩家巷子里，从巷子到神中街上，妹妹前边走，我在后边紧紧跟着，生怕走丢。

老家人说，一老子两娘是亲骨肉，一娘两老子是隔山亲。我和妹妹是一老子两娘。

沿着神中街向西走到十字街，十字街的西边当时是一个百货公司，就是现在服务大楼的地方。妹妹轻车熟路地走了进去，径直走到糖果柜台。妹妹还未开口，卖糖果的售货员阿姨就笑脸盈盈地说："星星，你要买甚？"

售货员是一个三十岁左右的漂亮阿姨，她显然认识我妹妹。

妹妹递给售货员阿姨一毛钱，说买大白兔奶糖，售货员取出四颗奶糖递给妹妹，一边递一边问："星星，旁边这个小小（小男孩）是谁?"售货员阿姨的眼神，显然是看出了些端倪，我和妹妹有某些地方神奇地相似。

妹妹低着头不说话，转身离开，我赶紧地跟着妹妹走出百货公司。

回家的路上，妹妹开始剥开糖纸吃糖，顺手把糖纸扔在街上，被风吹在身后有一丈远。我在妹妹买糖的时候就注意到这个糖纸的漂亮，追着风把糖纸捡起来装进兜里。

中午爸爸回家看见我，十分惊讶!也不和我说话。吃过午饭，他让我跟着他走。走在窄窄的巷子里，跟在他的身后，觉得背影十分高大，步幅也大，我几乎要小跑着才能跟上。出了巷子向西拐，过了十字街，他一边等我一边环顾左右，待我走到跟前，一把拉起我的手握在手里。他的手又厚又大，又绵又软，热乎乎的。被这个又高又大的人牵着，我忽然觉得这个街不那么广阔了，人也不觉得多了。我好想遇见一个我们村里的人，最好是经常在一起搂柴打草的小伙伴，告诉他们：牵我的这个人是我爸爸。

也许是这个情结，我自己有了女儿，只要在一起走，我就把女儿的手牵在我的手里。

进政府大门时，门卫热情地打招呼："高局长拖的是谁兰?"

"俄的三儿!"爸爸大声地告诉人家。

三

第三次见爸爸，距离上次见爸爸又是五年之后。

1978年夏天，我高中毕业，没有考上大学，出路只有两条：下乡插队当知青，或者插班复读准备来年再考。

如果复读谁来供？我特别想复读，我觉得我再复读一年肯定能考上大学。为了解决谁来供的问题，我到榆林找爸爸，他已经从米脂县委副书记提任到了榆林地区当局长。

爸爸的办公室在二楼最南边上，前后套间，十分气派。我第一次见到沙发，棕黑色木扶手，乳白色麻布，坐上去软绵绵地把人陷进去，只要人一动就晃晃悠悠。沙发我在书里看见过，原以为和沙一样柔软，没想到还会晃悠。

办公室的落地窗帘是白色的，有四五米高、三四米宽，风一吹，飘飘忽忽。窗帘布是什么布料我说不上来，手摸上去柔软光滑。

在爸爸的办公桌上，我看见了他的笔记本，写的是繁体字，厚拙，气派，好看！听奶奶说爸爸没有上过学，参加地下党才开始学认字，没有纸笔，用柴棍在地上画，晚上躺在被窝里用手指在肚皮上画。爸爸的文化水平我不知道，可是眼前的这笔字，给我上过课的所有老师都比不上，我这个高中生就更不能比了。

爸爸是 1928 年生的，这一年他五十周岁，因为络腮胡子略微显老，但面色红润，声高气壮。见到我，并不问来干什么，而是滔滔不绝地给我说水利工作的重要。

是补习还是上山下乡当知青，爸爸似乎早就想好了，当知青。

第二天凌晨四点，爸爸来办公室叫起我，说给我问到了地区物资局到神木的顺车。我迷迷糊糊跟着他从南门外的水电局走到二街物资局，一路上爷儿俩谁也不说话，爸爸大步走，我在后边小跑追。

当时从榆林回花石崖高念文老家，要先坐车到高家堡，再步走五十华里才能到家，坐车带步走得整整一天。我兜里只装两毛钱，榆林到高家堡要五个多小时，到了高家堡正好是中午吃饭时间，两毛钱在高家堡连一碗汤都喝不上，不要说吃一顿饭。从高家堡再到高念文家里，要步走六个多小时，不吃饭这六个小时的路怎么走？

可是，开口要钱前总得叫一声"爸爸"吧，这一声"爸爸"我死活叫不出口。总不能在他身后突然喊：你给我两块钱吧！这是乞丐的要法，不是儿子和老子的要法。

直到爬上大卡车的顶上，车驶离物资局的大院，爸爸没叫，钱也没要，关键是连个早餐也没吃。

车到高家堡已经十二点多，步走到马家滩已经一点多，腿软得走不动，头上直冒汗，肚子里的胃像是被一只无形的手一把揪住。瞭见路南边有一片西瓜地，茅草搭的西瓜棚边坐着一个老头。我沿着小路到了西瓜棚边，和卖瓜的老头商量："两毛钱能不能买一个西瓜？"

老头说我这西瓜没有少于十斤的，就按五分一斤也得五毛。

能不能买少半个？

剩下那半个谁吃？

买卖商量不成，只好蹲在西瓜棚旁边冒汗。

待了一会儿，老头说："越看你越像一个人！"

谁？

高子耀。

我爸爸。

咳，早说嘞吧，老头且说且切开一个十几斤的大西瓜。

老头说："你大是个好人啊，六二年你大下乡到我们村，看见我们村的人没粮吃往死饿，不仅和县上要回救济粮，还瞒着上边让我们自己偷偷开种边角荒地，救了一村人的命。"

六二年，正是我出生的那一年。

我也顾不上听老头讲我爸爸的故事，狼吞虎咽地吃西瓜，十几斤的西瓜风卷残云吃得净光，掏出两毛钱给人家，死活不要。

老头说："你大救我们一村人的恩情一颗西瓜能补报了嘞？"

临走时，老头说："你和你大真是一颗黑豆一切两半。"我们老家对两个人长相相似都这么说。

四

1978年10月，我作为知青插队到神木县乔岔滩乡柳巷（读作hàng）村，离我们高念文村三十华里。

村里的老支书小名五四，大名牛怀亮，来到知青点见到我，盯着我问：

你是高念文的？

是。

你大是高子耀？

是。

你大俄认得，刚解放时，是高家堡区的区长。

那就是三十年前，当时爸爸也就二十岁出头，和我插队到柳巷的年龄差不多。那时，高家堡是一个大区，包括了现在的乔岔滩、解家堡、大保当、瑶镇四个乡镇。

牛支书说，你大叫高子耀，小名铁铆，来我们村骑的高头骡子，跟着警卫，警卫背的长枪。

啊呀呀，一个科级干部就这么牛×？心里这么想，话没说出口。

你大是共产党的好干部，见了老百姓特别和气，派饭好赖都行，好人!

老支书和爸爸是同龄人，近距离打过交道。

第二年春天，县教育局批准神木中学根据高考成绩办一个补习班，我的成绩刚够进补习班。

接到通知，真是喜从天降，我想起了杜甫的诗"剑外忽传收蓟北，初闻涕泪满衣裳"。当天晚上我就入住了神木学生宿舍。

我至今不知道，爸爸怎么获得我上补习班的消息，托人在神木水电局为我解决了吃住。

1979年秋天，我考上榆林师范学校，就在这一年的冬天，发生了一件意外的事。

一天，大嫂来榆师找我，把我从教室叫到宿舍，见面就哭，抽抽泣泣给我讲了她和我的后妈发生冲突的经过，说她被后妈打了。说实话，至今其中的缘由是非我都说不清楚，只知道她带的礼物被扔到门外，人从家里被推搡到院子里。

当天晚上，我气势汹汹地到了爸爸家，爸爸赶紧把我领到他的办公室。其他的话不记得，但有一句话不仅记得，连当时爸爸听到这句话后的表情都历历在目。

我说："你作为我们的老子，除了有陈世美的骂名还有什么?"

听到这句话，爸爸从沙发上一蹦而起，大喊："一刀两断!"手里拿个打苍蝇拍，仿佛拿着刀向下狠狠一劈!

"本来也断着嘞!"

撂下这句话,我甩门而走。

走出水电局的大门,回望寒风中矗立的办公楼,看见一弯下弦月孤零零地挂在天边,心里恨恨地想,世上没老子的孤儿又添我一个。

五

1981年,我从榆林师范毕业分配到神木县教育局教研室。

教研室工作时,我在神木县文化馆主编的《驼峰》发表了一篇写妈妈的散文,《驼峰》对开四版,我的散文占了一整版。写母亲绕不开父亲,赞扬母亲的苦难艰辛,就得贬损造成苦难艰辛的那个人,正是气盛的年纪,抛妻弃子、见异思迁、忘恩负义这些词都用上了。

说实话,写爸爸的不好,儿子的心里也很纠结、很难过,但是写作的时候,我已经成了站在母亲和父亲之间的道德法官,公道填膺,太史公附体。

当时,母亲和我住在一起,我把这篇名叫《妈妈》的文章念给母亲听,母亲一边听一边掉眼泪,读不下去就停下来,断断续续读了好几天。读完了,母亲却十分平静地说:"咱家的事以后不能写,家务事说不清,我们都是土埋在脖子上的人,你们兄弟姊妹还要在社会上活人嘞吧。"

文章发出不到一个礼拜，时任神木县计委主任的贺长江叔叔来教研室找我。

教研室的院子有一个大大的花坛，用青砖砌了三十厘米厚、一米多高的围墙，砖墙顶面是水泥做的，光滑干净。贺叔叔和我面对面坐在这个花坛的水泥围墙台上，满院的九月菊开得正艳。

贺叔叔开口就说："你爸爸是个好人！就是婚姻问题没有处理好。"我已经不止一次听人对我说：你爸爸是个好人。我妈妈常给我们姐弟们说："一辈子熬个好人的名声不容易。"

爸爸这个好人的名声熬得容易不容易？

叔叔从兜里掏出皱皱巴巴的《驼峰》报，说："以后这种文章千万不能再写！"神情凛然，态度严肃。

我被贺叔叔教训了一顿，自始至终没有辩解一句。妈妈没有贺叔叔认识水平高，但贺叔叔讲的道理妈妈也用她的方式给我说了。

六

教研室的工作经常要到基层学校，去花石崖中学讲课，我与这里教书的一位女教师相识并相爱，却遭到女方家里的极力反对。

这位女教师的爸爸妈妈曾经有二十多年的时间在我的老

40

家花石崖中学工作，对花石崖的人和事比我知道得多。我的家庭，我爸爸的故事，他们更是不知道听人说过多少遍，而口头文学最大的特点就是每一个讲述人都发挥一下自己的想象，添加一点新内容。现在，故事里的这家人要和他们扯上关系，他们的宝贝女儿也要成为这个故事里的成员，万万不能接受。

我常常想起贺长江叔叔说爸爸的婚姻问题没有处理好，尽管我内心无数次地告诫自己一定不能重蹈爸爸的覆辙，可是你内心的声音有谁听得见？即使听得见也得实践检验，而这样的检验要一生。再说，人家反对也不仅仅是对未来的恐惧，更多的是对现实的不满，破碎的家庭，贫困的条件，负面的名声，任何一条拿出来都足以否决这桩婚姻。

有人还给花石崖的这位女教师写了一封信，关键的一句是："我已经误入歧途掉进火坑，你还要再跳？"也许，这其实是她沉痛教训得出的肺腑之言。

女人对自己的婚姻本来就充满未知的恐惧，花石崖的这个小女孩不幸被我看中，在爱情婚姻、现实未来、家庭社会、世俗舆论的多重压力下，经历了多大的纠结与痛苦？

爸爸与岳父1949年曾经在神木党校一起学习，也算是老同学，对岳父家族和岳父都很了解，见过我的女朋友，对这门亲事打心眼里赞成。我猜，他自己心里一定知道，他的故事就是儿婚女嫁绕不过的一个坑。这个坑也同样摆在我们父子之间，深不见底。

也许是为了补偿，爸爸忘记了"一刀两断"，格外关心我的婚姻，尽其所能帮我解决困难。岳母提出结婚要有房子，他在神木找了好多过去的熟人，连城周围农村的村支书、村长都找了。

当时结婚流行"三转一响"，其中一转是自行车，爸爸在榆林、神木分别找了熟人，结果分别在两个地方搞到两辆凤凰牌自行车。

1986年，经过五年的艰难曲折，我终于和花石崖中学的那个女教师结婚了。

我的婚礼，我爸爸没有参加。

爸爸前面有六个子女，除了大姐，有五个子女的婚礼爸爸没有参加。大哥、二哥、二姐什么时候结的婚，估计他都不知道。

我弟弟结婚时，我邀请爸爸参加，他沉默了好长时间，最后说："我就不参加了，功劳是你妈妈的。"

我想到了爸爸不会参加，但没有想到不参加的理由。

七

有一天，在二姐开的神中食堂，我们父子俩遇在一起，刚说了没几句话，一个人从雅间喝得醉醺醺地出来，一看见我爸爸，跌跌撞撞走到跟前的椅子上坐下，扯声拉气地说：

"你不是高子耀？灰铁铆！"

也许这个人是爸爸过去的老熟人，但对爸爸如此不敬，我心里就有点不痛快。看爸爸的神态也挺尴尬，不像是老友相逢互相调侃。

接下来更不像话，他用手搂着爸爸的肩膀，整个身体趴在爸爸的身上，嬉皮笑脸地说："世上有个陈世美，你比他美！"

一听这话，我火冒三丈，顺手拉起餐桌旁的凳子，照着这个人的肩膀就是两凳子，凳腿应声粉碎。雅间里边和这个人一起喝酒的人，听见外面大厅的动静跑出来，看见同伴被打倒在地，其中一个五短身材的人不由分说，气势汹汹地劈胸抓住我的衣服，当时我穿一件圆领汗衫，衣服没有抓的内容，直接抓住了肉，衣服抓破不说，胸口抓下几道血印。

1990年，我在榆林东山买到了属于自己的房子，这个房子就在我租房的东边。装修房子那些天，爸爸几乎每天从南郊来一趟东山，他可能觉得两个孩子干不了装修这样的大事，其实我们的房子说是装修，也就是墙壁刮白，水泥铺地。

在卫生间要不要瓷砖贴面这个问题上，爸爸和我爱人意见不一，一个说卫生间必须贴，一个说没有必要贴。其实，根本问题不在于贴上好还是不贴好，而是有钱贴还是没钱贴的问题。我估计爸爸后来想明白了这个问题，第二天就买来三十箱瓷砖，花了四百五十元，贴了卫生间有水篷头的两面墙，另外两面没有贴。

十五年后，在爸爸去世的葬礼上，我才知道，这四百五十元是爸爸和单位里一个叫曹丕福的人借的。

住到新房后，爸爸一有空就来东山我们家，手里有时给孙女畅畅握几个奶糖，有时捏一袋奶粉。

有一天，我正领着女儿在巷子里玩，女儿远远地看见爷爷出现在巷口，边跑边喊"爷爷，爷爷"迎上去，爷爷赶紧弯下腰把孙女牵在手里。看到这一幕，心底里热浪翻滚。

阳光明媚，蓝天白云，清风拂面，儿童嬉闹的巷子里，我的女儿牵着我的爸爸向我走来，走到跟前我脱口而出："爸爸！"

尽管我叫得很低，显然他听到了，只是愣了一下神，匆匆地弯腰低头牵着他的孙女，径直向我们家走去。

这一刻，我跟在爷孙俩的身后，对我的女儿充满羡慕。

八

结婚、生孩子、买房、装修，没有一样不花钱，原本视金钱如粪土的我，痛彻地感到"粪土"实在是离不开。

1992年，榆林地区出台政策，党政干部可以留职留薪下海经商，我没有和任何人商量毅然决定下海，期望能刮几铲子"粪土"。

爸爸知道后，我已经办完所有手续。我看出来他根本不支持我下海，但也无可奈何。他对我说："钱也不好挣，不管它挣了挣不了，干两年就回来干正事。"

我把公司办在神木，一家人就要暂时离开榆林。临离开前爸爸来到我们家，忧心忡忡，欲言又止。

"你们走了，你们的房子谁给你们照应呀？"爸爸问。

我说："不用照应，锁起来就行，家里没什么值钱的东西。"

我心想，要是家里有值钱的东西，还用下海赚钱。

"那我给你们照应吧。"

想到爸爸每次来，爬坡爬得气喘吁吁，我斩钉截铁地说："根本不用，你来一次要步走两个小时，太劳累了。"

"你弟弟吸毒，我想陪他住这儿戒毒。"

爸爸的话尽管声音很低，眼睛盯着自己的脚说，可是这句声音很低的话，我听了如雷贯耳。

爸爸有十个儿女，我们前边六个，两女四男，后边的四个，三女一男，这个"一男"就是老十，也是我最小的弟弟。爸爸四十六岁又得子，后妈接连生了三个女儿才生了这个儿子，宠爱可想而知。

十个儿女十根指头，十根指头不一般齐。

"要是不行，就算了，我另想办法。"

45

我被这个意外的消息打得有点蒙，爸爸以为我不说话是不同意。

我连忙说："没问题，咱们自己的家，你随便住。"

爸爸眼睛一红，眼泪从眼角默默地流出来……

我有点愣住了，想不起给爸爸递擦眼泪的纸巾，爸爸也许是不好意思擦，任由眼泪在脸颊上流到下巴，在胡须间漫流。

到神木开公司，在包府线建了一个加油站，我下海的第二年夏天，爸爸领着他的小儿子在这里住了一个多月。

我到加油站就是待个一天半天，送油料、结账、付税、了结与加油站周边村民的矛盾纠纷，忙得疯了一样。弟弟默默地坐在我身边，或者悄无声息地跟在身后。

我没有见过弟弟犯毒瘾，更没有见过他吸毒，把他和吸毒犯建立不起联系。有时，我也特别惋惜这个弟弟，一米八的身材，浓眉大眼，额宽面阔，像一个电影里走出来的帅哥。偶有交谈，觉得他特别聪明与不凡。交往一多，也会明显感到他的猥琐与自卑。

一棵好苗怎么就长歪了呢?

爸爸的答案是两句俗语"寒门出贵子""兴子如杀子"。陕北人把溺爱孩子称为"兴孩子"。

九

果然如爸爸所料，钱不好挣，麻烦倒是挣下不少，各种各样的纠纷，各种各样的矛盾。

有一个借贷纠纷的官司打到榆林中院，诉讼期间我住在榆林干部招待所的五楼。苦闷绝望的我想起了爸爸，让人传话告诉了爸爸我的住处。

傍晚的时候，爸爸气喘吁吁地敲开我的房门，老头进门坐在沙发上脸憋得黑紫黑紫，大口喘气，我端了一杯水给他，他只是摆手，一句话都说不上来。

爸爸不会骑自行车，那时候也没有出租车，到哪里都是步行。爸爸从南郊走到位于大街的招待所得一个小时，爸爸有肺气肿，身体又高又胖，爬五楼，简直是要老命！

再次到榆林，吸取上次教训，我去找爸爸。

爸爸也"下海"经商了，在他当过局长的单位门口租了一间不到十平方米的小门脸开小卖部。

我到了小卖部，小卖部冷冷清清，没有一个买东西的人，爸爸坐在椅子上打盹。我走在柜台前，他还以为是买东西的人来了，连忙从椅子上站起来，也许是还没有完全清醒，也许是坐得太久，爸爸站起来踉踉跄跄，不是我隔着柜台拉住，他就跌倒了。

爸爸刚刚六十出头，看上去却老态龙钟。

一看是自己的儿子，爸爸脸上露出小孩子般的笑容，指着他卖的东西让我随便拿来吃。为了不拂他的意，我顺手拿了一袋小食品。

爸爸说："日本豆，好吃!"

这个"日本豆"可能跟日本一点关系都没有，也就是花生仁粘了面粉糖浆，既有花生的香，又有糖浆的甜，是我喜欢吃的口味。我从有记忆开始就对甜特别偏爱，来自爸爸的甜晚到了三十年。

我问爸爸："生意怎么样?"

爸爸说："小本生意，挣不了钱，也就是挣点零花钱。"

我想起了爸爸住的那两孔旧窑洞，地上开了窟窿的破沙发。

爸爸是抗战时期参加工作的离休老干部，在同时代人中，属于政治地位经济收入高的人。可是，别人都已经住进了单元房，爸爸还在城市里住窑洞。生活落魄到这样的地步，实在是令人唏嘘。

小卖部是原来水电局的围墙改建的，大门南北一排有二十多间。爸爸的小卖部在北边的第二间，在进他家的巷口上。小卖部被货架挤满，货架上也就是一些油盐酱醋及小食品，货值总共也不到一千元。货架中间只容一人通行，门口拦着宽不过一米五的柜台，柜台里放着一张七十年代常见的办公椅。

大多数时间爸爸都是坐在这张破椅子上打盹儿。

十

1995年，我调到大柳塔神华神东公司子校，榆林的大妹妹也到了大柳塔公司第二幼儿园工作。爸爸经常会来大柳塔，我觉得爸爸一下子老了许多，一贯健谈的爸爸变得沉默寡言，神情落寞。坐在客厅看电视，不一会儿就开始打盹儿。弟弟的事给爸爸和爸爸的家庭带来的麻烦太大了！

也就是在这个期间，爸爸做了一件令我们这边的子女十分惊讶的事。

有一天，爸爸独自一个人找到了我妈妈的住处，这是两个人分开三十年的第一次见面。临走时，爸爸给我妈妈放下两千元，两千元在当时不是一个小的数字，对爸爸来说简直是巨款。

两个人见面什么情形、说了什么话，妈妈不说，爸爸不说，我们也不好细问。

妈妈说，临走时给她放下钱，她不要，拿着钱追到大门外，人已经走到了巷口。妈妈把钱给了二姐，二姐又把钱给了我，让我退给爸爸。这两千块钱我拿了很久，有一天在妈妈家看电视，发现妈妈的电视有十几年了，旧不说还是十四英寸的小电视。

妈妈的电视从早到晚都开着，声音很响。我感觉她的电视不是用来看，而是用来陪伴，这个家里除了妈妈还有电视里的人。

我决定用两千元给妈妈换一个大电视。二十四英寸的长虹彩电摆在妈妈的家里，妈妈特别高兴，这个电视里的人更大了，也似乎更多了，更热闹了。

我还在纠结告诉不告诉妈妈买彩电的钱是爸爸给的那两千元，二姐到妈妈家，看见电视就高喉咙大嗓子地说："爸爸给的钱买了彩电了？这个事办得好！"

妈妈也没说把电视砸了，她太爱电视，太需要电视了。

1999年我又调到神华准能公司，公司所在地是内蒙古准格尔旗。我打电话告诉爸爸这个消息，还不等我说完，他就说："我知道，准格尔旗在纳林川，到府谷是皇甫川，在清水流入黄河。准格尔有万家寨水利枢纽，是黄河中游晋陕蒙接壤区最大的水利水电工程。"

爸爸一生酷爱水利事业，他的足迹遍布榆林地区的每一条流域，七十年代末八十年代初榆林地区的每一项重点水利工程，都有他参与决策建设的记录。

他曾对我说："水利是最能为民造福的千秋功业。"

2002年秋天，爸爸来到我工作的准格尔旗，第二天一早就去了万家寨，接下来几天，开口就说万家寨。

这次到我家，爸爸在我家和我住了有半个月，这是我们父子在一起最长的一段时间。

爸爸跟我说话，开口就是国家大事，从不拉家常。对党和国家各个时期的方针政策如数家珍，记忆犹新。我从爸爸的身上彻底改变了对工农干部的认识，他们受教育是少一点，但见识一点都不低。

我的二女儿丫丫每天放学回家做的第一件事就是为爷爷洗一个苹果，这一个苹果令爷爷念念不忘，逢人就夸。

相比女儿，我对爸爸并不好。爸爸来我家的时候，我已经开始挣年薪，我与妻子都在神华，年收入三十多万，但我没有给过爸爸一分钱，不是舍不得，压根儿没想到。

爸爸想买一个剃须刀，我的抽屉里就放着一个未拆封的剃须刀，可以送给爸爸用，我却选择了告诉他去商场的路。

有一天早晨爸爸锻炼回来，手里托着二斤他买的羊肉。我们家的饮食一贯以清淡为主，爸爸到我们家已经四五天了还没有吃肉，我不知道自己的爸爸喜欢吃肉，我的媳妇更不知道。这件事后来每每讲起，妻子都充满遗憾。

六十年代是国家最困难的年代，是每一个家庭都困难的日子，因为城里生活不下去，我们一家人回到了高念文老家开荒种地。而就在回了老家之后，爸爸抛弃了妻子，同时也抛弃了子女。要不是母亲带着儿女苦苦挣扎，他现在引以为傲的六个子女不要说发展，如何活下去都是问题，尤其是我和弟弟，一个三岁，一个一岁。

我的心里藏着太多一个儿子对爸爸的不解。

我已年届不惑，自己也有了两个女儿，能心平气和地和爸爸聊一聊过往，听听他对自己的故事有没有另外的版本。在吃饭的餐桌边，在看电视的客厅里，心里藏着的话，就是开不了口，就像那一声"爸爸"怎么也叫不出口一样。

我不知道我的爸爸他是否有话要向自己的儿子说。

2003年的冬天，爸爸查出胃癌，发现就是晚期。我从呼和浩特开车去看他，那段时间二院进行管网改造，车只能停在南门外。拐来拐去，跌跌撞撞，路不好，心情更糟，费了好大劲才到了爸爸的病房。白色的被子覆盖着他高大的身躯，被子塑出爸爸仰卧在床的身形，大肚子瘪下去了，头仿佛一下子小了许多，脸色暗淡消瘦，络腮胡子长得很长。

看见爸爸的胡子，想起了剃须刀，忽然很懊恼、很后悔。

十一

公元2004年4月18日（农历甲申年二月二十九日），爸爸永远闭上了他为改变命运奋斗一生、辛劳一生疲惫的双眼。爸爸出生于1928年9月10日（农历戊辰年七月二十七日），在人世间走过七十六个春秋。

凝视着爸爸孤独的遗像，我忽然想到，我们父子一场还没有在一起照过一次相。

到今天，爸爸离开已经十七年了！

我对他只有思念，忘记了怨恨。

我好想当着他的面叫一声爸爸！

爸爸——

2021年9月19日初稿于呼和浩特，9月26日改定

后记：

写《叫声爸爸》，我不由自主地流泪，不是为我在这篇散文里写到的细节感动，而是因为写这篇文章联想到的我们这个家族的许多苦难，我与爸爸看似不同，本质没有区别的宿命人生。

我对爸爸的感情经历了童年仇恨，青年怨恨，中年理解，到现在，当我人到六十，能够用上帝的视角来看人生，不独对爸爸，对包括我自己在内一生都在奋力改变命运的所有草根，都充满怜悯。

爸爸十二岁就跟着我的爷爷到胡家塔的地主家当长工，十四岁爷爷逃荒到山西，留下他看家，没吃没喝，为了免

于饿死，脑袋拴在裤腰带上做地下党。说是地下党，乡里乡亲谁不知道你干啥，只不过人们同情一个没饭吃的孩子，不告发罢了。在我的老家，因为闹革命，丢掉性命的人，数不胜数。

解放了，当年不要命的人改变了命运。命运是一个相对的概念，没饭吃是命运，卑贱是命运，没爱情是命运，生活方式也是命运，我的爸爸一生都在改变命运，有以命换命，牺牲尊严换命，流血流汗换命，孜孜不倦地读书学习换命。为了改变命运，付出常人难以想象的代价。

一个小长工变成了掌管一个地区水利事业的大局长，一个陕北黄土山坳里的农民，过上了城里人衣食无忧的生活，还追求到了爱情，政治文明、物质文明、精神文明都是天翻地覆的变化。

而当他面对自己亲生骨肉的隔阂，当他住在城市里的窑洞，当他坐在小卖部为了微薄的收入一天十几个小时守候，当他为自己的小儿子痛哭与烦恼，他是否发现他的命运不知不觉又退回了人生的起点。

我的当散文家的朋友一再告诫我，写散文要靠细节说话，作者不要动不动就跳出来发议论、讲道理，我记住了这条铁律。再说，我还有四个同父异母的妹妹弟弟，他们对我很好，一声一声"三哥"地叫着。那个最小的弟弟，只要在一起就凑在我的跟前，我对他充满怜惜。他们对爸爸的感情和我对爸爸的感情，有天地之别，我做不到无视他们的情感、伤害他们的情感。所以，关于爸爸的很多故事、很多细节我不能写、不忍写。再说，也不是一篇散文能完成的容量。

今天，当我眼前纷纭的映象上重叠着爸爸的身影，躲躲闪闪，字斟句酌，用一篇散文来写爸爸的一生，这个叫爸爸的人，离开人世已经十七年了，一切归于尘埃，再也不用为命运纠结，包括我的躲闪对他来说也没有任何意义。

我用"后记"的方式，写下我实在是想要说的话。

2021 年 9 月 28 日

奶奶

你是风中的一片枯叶

一

　　奶奶在我的记忆里，就是一个拄着拐杖，摇摇晃晃独往独来的小脚老婆婆。有时候一个人站在硷畔上，佝偻着身子，撑着枣树枝做成的拐杖，望着村口，久久伫立，若寒风中的一棵苦杏树，孤零零地枯瘦。

　　奶奶是我见过的女人中长相最丑陋的人了。听大人们说，奶奶一岁的那年春天，父母到地里劳动，因为没人照看孩子，就把孩子带到地里，放在地边上自己玩。

　　忽然听见孩子哭叫得异乎寻常，循声望去，一只狼嘴里叼着孩子已经跑出几丈远。奶奶的大（父亲）瞬间成了发疯

57

的怪物，举着镢头边追边喊。狼嘴里叼着孩子跑不快，又觉得跑在后边的这个怪物挺恐惧，就把孩子扔下跑了。

孩子已经哭不出声，小脑袋血肉模糊，狼嘴叼的是头。原以为活不了的奶奶，居然奇迹般地活了下来，只是样貌被狼糟践得变了形。

爷爷因为家穷不好找媳妇，有人介绍这个被狼叼过的女孩，爷爷一看，脸虽然不好看，但身体健壮高大，干活生孩子没问题，就娶回了家。

我从父辈的长相，尤其是姑姑的长相推测，奶奶其实是一个美女。

奶奶性格火爆，心直口快，脑子聪明，雷厉风行，加上狼再造的惊世骇俗的相貌，不仅在家里成了主人，在村里都是开口说了就算的强人。

奶奶一生生养了三个儿子四个女儿七个孩子，只活下来三个儿子、一个女儿。

1928年，也就是我爸爸出生的那年，奶奶的三个女儿一个十岁，一个五岁，一个三岁，在十天内相继夭折，至今也不知道是什么病。奶奶被失子的痛苦打击到死去活来无数次，眼睛哭到半失明。到我看见奶奶的时候，两只眼睛的下眼睑红红地向外翻着，眼角经常流着浑浊的泪水。我从来不敢正视奶奶的眼睛，那双既令人恐惧又令人怜悯的眼睛，仿佛每时每刻都在流淌着苦难。

奶奶经常会说起她失去三个孩子的痛，那个十岁的女孩死的时候辫子长及后腿弯。

"我的孩儿辫子连到后腿弯！"奶奶总是以这句话起头。

"我的孩儿甚营生都会做！"奶奶的眼泪仿佛是从嗓子眼往外冒。

"张残李残，老天爷爷心最残！"说完这句话奶奶就泣不成声了。

说得多了，我都知道她说到什么情节会说"我的孩儿辫子连到后腿弯"，什么地方会说"我的孩儿甚营生都会做"，什么地方泣不成声："老天爷心最残。"此时，我回忆的时间背景都是阴云密布的午后。

上中学时学课文《祝福》，我想起了家里的奶奶，觉得祥林嫂失去孩子的打击和我奶奶比真是差太远了，大家为祥林嫂掉眼泪时，我也掉，为我的奶奶掉。

爸爸之后，奶奶又生了一个女儿两个儿子。爷爷奶奶给我爸爸起名"铁铆"，我姑姑叫"反耐"，二大起名"银铆"，三大"耐铆"。面对恐怖的死神，面对未知的命运，爷爷奶奶几乎歇斯底里，希图用这些坚固的名字对抗生命的柔软脆弱。

夺走生命的不仅仅是瘟神，还有无常，还有无时无处不在的饥饿。

爷爷奶奶在不到十年的时间里，两次带着他们的儿女外出逃荒要饭。一次是向东渡过黄河到了山西岢岚，一次是向西到了延安的原始森林。

我的爸爸已经成家，且成了地下党的交通员。爷爷奶奶跟跟跄跄领着大不过十五岁小不足十岁的三个孩子，向传说中有饭吃的地方乞讨而去，死神若饿狼一般跟在身后。

我的父辈们能够长大成人，不是靠吃饱穿暖，不是靠养育，而是靠活下去的本能，靠苦熬，靠季节轮回的自然生长。

爷爷奶奶的大儿子，也就是我爸爸，为活命，十四岁就成了地下党。二儿子，我的二大为有饭吃，十七岁就当了兵。阴差阳错，这两个儿子成了公家人。

姑姑十五岁就出嫁了，三大从十八岁开始当村支书当到六十八。

爷爷奶奶有孙子外孙二十二人。

爷爷奶奶儿孙满堂，尤其三个儿子在当地也算有出息，理应苦去甘来，事实却并非如此。爷爷因为失去三个孩子伤心过度，得了肚子鼓胀病，1967年就去世了。

我对爷爷的唯一记忆是胡子长长的，挂着一根拐杖，腰弯得深深的，走一步一声呼噜。

奶奶一个人寡居，身边只有小儿子。小儿子自己拉家带口，还管着一个大村的事，也顾不了管他的老娘。

二

七十年代初，也不知什么原因，我们家和奶奶粮食都开始不够吃，尤其是到了三四月份，俗称青黄不接的时候，刮瓮成干，一粒粮食也没有了。奶奶缺粮更严重，她没有工分，只靠人口分的粮食根本不够吃。三大、姑姑家孩子多，自己家都在饥饿的深坑里挣扎，也顾不了奶奶。

奶奶自己想办法，榆树皮、牛毛毛草籽、苦杏仁，春天凡是花皆可摘来吃，这个有毒，那个不能入口，奶奶百毒不侵。

到了秋天，奶奶就打生产队秋收放在地里庄稼的主意。

陕北秋收的时候有两样庄稼先就地放，一种是谷子，另一种是黑豆。一方面是来不及，另一方面是为晾干。谷子一摞三把，黑豆一盘九抱，黑豆按照一个人能抱一捆为单位整整齐齐三行摆开。摆放谷子和黑豆都是非常讲究布局，既要放在一块地的平缓处，还要照顾远近，更要讲究形状。深秋时节，未收割的土地黄澄澄、金灿灿，收割过的土地上摆放着一摞一摞的谷子或者一盘一盘的黑豆，放眼望去，煞是好看！

谷子没法拿，奶奶的主意就打在黑豆上。奶奶佯装到地里砍柴，先搂一些黄蒿，然后把黑豆每一捆拿一小把，然后把黑豆包在蒿柴里背回家。发干的黑豆秧尽管包在蒿柴里看不见，背在背上，走一步响一声。人们心知肚明，但是，村里的大人小孩没有一个人去揭穿。

最大的问题是奶奶七十多岁了，身体不好，眼睛看不见，小脚，平常从家里到厕所都有困难，现在要从家里到山上的地里，砍柴，抱黑豆，包起来，背回来，完成如此艰巨的任务几乎是挑战不可能。

第一次上山，奶奶差点儿就没有回来。早上太阳未出离家，晚上太阳落山还没有回来，母亲着急了，打发我和二姐去寻。

这次寻人，奶奶看出了我的潜力，她的那点柴包黑豆，不到十岁的我，玩儿似的往肩上一大挎，径直回了家，我回家后过了一个多小时，奶奶和二姐才回来。

第二天，奶奶就命令母亲派我跟她出山。老家高念文村的地名有上百个，唯有死汉渠这个地名终生难忘。

太阳出山的时候，我和奶奶来到死汉渠。先在渠底搂好两抱蒿柴，奶奶指着大约一百米外坡顶上的黑豆盘对我说：

"去，一抱上夯（拿）一点，看不出来有人夯过。"奶奶的眼睛盯着我，我不敢不去，偷东西的恐惧比不过奶奶的眼神。

我开始从渠底往坡顶爬，早晨的初阳照着凝霜的土地，四野寂静无声，头顶有鸟儿啾啾叫着飞过。我的眼睛不敢向四周看，连走带爬，气喘吁吁直奔黑豆盘。按照奶奶的吩咐一抱取一小把，刚取了一小把，就听见有人厉声大喊！吓得我扔掉黑豆秧，连跌带跑奔向坡底，到了奶奶跟前，哆哆嗦嗦地说："娘娘（陕北人称奶奶为娘娘），有人喊！"

奶奶眼睛不行，耳朵特别灵敏，她闭着眼睛，支棱起耳朵听了一会儿说："有鬼嘞，哪有人？"

"你在这儿，我去。"边说边颤颤巍巍出发了。

奶奶手脚并用往上爬，活像在地里找东西吃的动物。不知用了多久终于爬到了黑豆盘，从容不迫，一把一把匀了一抱返回。本来一步一步慢慢往下挪的奶奶，忽然骨碌碌顺着坡滚了下来。我跑去扶，连我打倒在地，祖孙俩一起滚向坡底。坡陡土松，歪着小脚怀里抱着黑豆秧，一脚没站稳就滚倒在地。

我先爬起来，再扶奶奶起来，从她怀里接过死死抱着的那抱黑豆秧。从头到脚全是黄土的奶奶呆呆地坐着，默不作声，活像一个黄土疙瘩。我把豆秧放在蒿柴边，转身走到奶奶身边，看见奶奶的眼泪从眼角流出来，一边脸上冲出一道痕，泪水顺着痕流到了腮边。秋风吹着枯草发出凄厉的细鸣，枯黄的黑豆叶在风中飘荡。

第二天，我死活不跟奶奶上山，耻辱感原来比饥饿感更可怕。

三

我们一家和奶奶住在一个院子里，奶奶住东边大一点的窑洞，我们住西边小一点的窑洞。法律上讲，由于父亲母亲离婚，母亲与奶奶已经没有婆媳关系，但奶奶与母亲似乎都不这么认为，奶奶看她的前儿媳妇不顺眼，该喊喊，该骂骂，有时候还做出要打的架势，实在是力不从心，就用诸如"娘娘把你的狗腿打断"之类的语言殴打一番。也许正是奶奶忘不掉自己的婆婆身份，迫使母亲也只好继续媳妇的身份。

不管怎么说，在农村儿子与父母一旦分家过，柴米油盐分得汤清水利，谁的就是谁的，绝不含糊。奶奶不说别的，做饭的水和烧火用的柴就是大事，水由我们弟兄去水井里担，多出点力气而已，也能抽出空。柴要上山里砍，砍一次柴至少要半天的时间。我们家人口多，我们姊妹家务劳动任务艰巨，自己家的柴火也常常断顿。平常奶奶没柴就搂我们家的，有时，我们家也没有了，奶奶做饭没柴烧，只好饿着肚子坐在硷畔上哭骂。

就是有柴有水有粮食，奶奶也常常吃不上饭，奶奶的眼睛过了七十岁处于半失明状态，繁重的体力劳动，失去活蹦乱跳三个女儿的巨大精神打击，奶奶身体的每一个部位、每

64

一个零件都不舒服，都会莫名地疼痛。奶奶有病，从来没有请过医生，更没有去过医院，也不知道有什么病，疼痛得不行，母亲就给她吃两粒去痛片。

奶奶也有高光时刻，二大从兰州给她寄来包裹。包裹比砖头略大，外面是一层白布，里面是一个木头盒，白布上写着收件人的地址和姓名。姓名是三大的名字高子凡，奶奶的名字叫高张氏，写不上公家的邮件，再说村里的高张氏至少有十几个，写上了也找不到收件人。收到这个珍贵的包裹，奶奶不急着打开，总是要放个十天八天。

"娘娘，二大给你寄的甚?"我几乎每天要问一次。

奶奶声音压得低低地说："灵芝草!"有时候也说："票子!"

奶奶的声音加上她异乎常人的长相、表情，分外增加了包裹的神秘性。

一个风和日丽的下午，"小林，小林!"奶奶长一声、短一声地叫我的乳名。我跑到奶奶的窑洞，见奶奶坐在炕头，夕阳的余晖照在她的身上，像穿了一件金缕衣，怀里抱着二大寄给她的包裹。

"你来帮我打开这个盒盒。"奶奶终于要揭秘了。

先解开线缝的白布，再用菜刀撬开木盒，木盒里边静静地卧着一个花纸包。我取出花纸包郑重地递给奶奶。

奶奶哆哆嗦嗦慢慢打开，里边齐齐地立着大约有二十块饼干。奶奶取出一块，用大拇指指甲轻轻地切下三分之一递给我。

我把饼干放在口里，清香满嘴。

因为这块饼干，我永远记住了那个午后奶奶慈祥的模样。也因为那块饼干，我对远在兰州的二大十分敬仰、十分思念，更觉得兰州是一个美好而令人向往的地方。

二大每年都有两三次从兰州寄来包裹。

四

奶奶最盼望姑姑来，姑姑一来，早午晚饭有了区别，难活儿有了说处。

我现在回想起来的情景是：姑姑忙里忙外干活，奶奶挂着枣树枝拐杖坐在院子里的石床上，把她的儿子儿媳到孙子孙女，从老到小，从男到女，挨着点名骂一通，一来为了自己发泄委屈，二来给自己的主心骨告状。坐在院子·里骂，则有昭告天下的意思。

奶奶一定不知道，姑姑每次临走时都会悄悄来给她的原嫂嫂、奶奶的"非法假儿媳妇"说一番下情话，说她的妈妈老糊涂了，千万不要计较她说的话。

姑姑每次走，奶奶都会挂着拐杖，站在硷畔上久久瞭望，人早已看不见了，还站着。

我有时候会想，奶奶的那三个女儿要活着该多好。

奶奶经常在半夜里号哭，这样的号哭在寂静的山村深夜，格外彻骨。有时，一边哭一边骂，奶奶的哭骂尽管属于超现实意识流，但听得多了，也基本可以理出头绪。骂死去的爷爷，扔下她自己一个人凉快去了，享清福去了。骂辜负了她的高家，眼看要绝门的一家人，靠她血盆捞在屎盆，屎盆捞在饭盆，连死带活养育了七个儿女，才栽根立基。骂没良心的儿女，不是她讨吃要饭，逃荒流浪，当牛做马，你们狗日的凭什么当官坐轿，现在老娘连一口水都喝不上。

奶奶住的窑洞是爷爷土改时分的，这孔窑洞据考证有五百年的历史，她的哭诉只有那孔老窑洞在听。

柴静有一篇文章的题目是：《没有在深夜里痛哭的人，不足以谈人生》。看见这个题目，我就想起了奶奶。

奶奶是一个经常在深夜里痛哭的人，但是奶奶的一生，能不能叫人生？

公元1977年1月5日，农历丙辰年十一月十六日，这天是小寒，心残的老天爷发了一次善心，把人世间苦苦挣扎的奶奶领进天堂，终年七十五岁。

奶奶咽下最后一口气时，只有姑姑和我妈妈在身边。真女儿和假儿媳和着眼泪给奶奶擦洗了身体，穿上老衣，绸子袄，缎子裤，奶奶一生最好的衣服。

奶奶就是秋风中的一片枯叶，枯叶已经化为尘土。

刮草地的外爷

小时候常听人说，外爷"刮草地"了，草地就是内蒙古。而这个"刮"怎么写，是什么意思，我现在也不明白。是像风一样"刮"到内蒙古了，还是像马一样"趏"（读作瓜）到内蒙古了？或者是与"刮地皮"同义，是去人家内蒙古草原上搜刮好处去了。不管是什么意思，外爷就是一个经常去内蒙古的人。

　　一

　　外爷的家胡家塔离高念文十五华里，在高念文的东边。外爷祖上是乔岔滩乡龙尾峁村，龙尾峁最大的财主是李

能张，几乎整个龙尾峁的土地都是李能张家的。到外爷的爷
爷发迹起来，龙尾峁无地可买，就到十五华里以外的胡家塔
买地，外爷的爷爷把二儿子李能顺、三儿子李能堂派到胡家
塔另立门户。二儿子聪明能干，人又硬碴，很快发展起来，
成了胡家塔最大的财主。三儿子——也就是外爷的大，性格
柔软，心地善良，加之一口气生了四个儿子一个女儿，人口
兴旺，家业却没有什么发展，守着老子买下的几十坰地，过
中等人家的生活。

外爷的二大李能顺事业发达了，但子嗣甚荒，无儿无
女，看准弟弟的二儿子，也就是我的外爷，顶门过继，偌大
的一份家业落在了外爷一个人手里，成了胡家塔最大的财
主，最宏盛时，传说有九犋牛耕种。九在中国人的文化里不
是一个确定数，表示多就用九，所以外爷家耕地的牛也许比
九犋还多，也许没有九犋。假使就是九犋牛，春耕时节半个
月，一头牛每天耕一坰地（约三亩），那就是有一百五十多
坰地，五百多亩。胡家塔的地有三分之一是水地，价值超过
旱地的十倍。

1933年，是外爷一家的劫难年。一个月黑风高的晚上，
外爷家来了一帮土匪把外爷家的粮食牲口抢了个精光。根据
外婆、外爷的讲述，以我粗浅的历史知识推测，抢匪就是黄
河对岸的晋军。神木南乡历史上就没有出过成群结伙的土
匪，三十年代更没有。以抢劫队伍的齐整、抢劫对象的精

准、运输力量的强大、腰别短枪这些信息分析，是部队，但肯定不是红军，三十年代初神木南乡的红军还很弱小，属于地下游击，抢这么多粮食、牲口往哪里藏？

祸不单行，遭抢的第二年秋天，外爷家又遇洪灾，山上下来的洪水把一院五孔石窑冲得七零八落，衣服被褥、锅碗瓢盆全都漂在水上。

外爷的劫难还没有结束，外爷外婆有一儿一女，儿子六岁，女儿三岁。遭洪灾的当年冬天，六岁的儿子头天晚上睡觉还活蹦乱跳，第二天早晨就死了！

匪劫、天灾、横祸！凡人如何扛得起如此打击！外爷外婆一蹶不振，开始用细软换大烟抽。年仅三岁的母亲无人照料。

也有意料不到的收获，外爷成了破落地主，到解放时干脆成了房无一间、地无一垄的赤贫，成分当然是贫农。这是后话，要知道后来世事的变化，外爷外婆也不至于如此悲痛。

外婆原本是一个聪明绝顶的女人，有一天，她对外爷说："你二大把偌大的家业给你，为的是栽根立基，而我不能生育了（外婆由于在洪水中抢救财物，浸泡时间过长，绝经绝育），你再成个家，生个儿子，不为别的，给地下的你二大也有个交代，不然你死了有何脸面去见？"

外爷与外婆大约是在1934年离婚，这一年外爷二十六岁。

二

外爷并没有按照外婆的设计成家，而是开始了刮草地的生涯，像无根的沙蓬随风飘荡。

外爷一走就是二十年，杳无音信。兵荒马乱的年月，不知多少人一去无回，人人都以为外爷再也回不来了，外爷也被村里的人忘得净光。

1954年秋天，外爷骑着一匹枣红马，后边还跟着一匹大白马出现在胡家塔的村口。外爷的坐骑鞍子后边挂着一个黄羊整皮桶包，马走一步里边哗啦响一声，人们都猜里边装的是洋钱。这一年是胡家塔历史上少见的丰收之年，漫山遍野溢红流彩，丰收年景好心情，加上李老二骑马归来，胡家塔这一年的秋天丰富得没法说。

直到今天，我想起外爷，就会想起他骑两匹马站在村口的画面，太拉风了！这个画面也彻底改变了外爷在我心目中的形象，外爷背锅弯腰，走路像虾米，看人头仰起，一只眼眼皮耷拉，全都成了特点而非缺点。

外爷二十六岁离开，四十六岁回来，他的女儿我的妈妈也二十六岁了，已经是一儿一女两个孩子的母亲。当外爷风光了几天，又要像风一样刮走时，他的女儿挡住了他。首先是把他的两匹马卖了，一匹马卖八石糜子，两匹马卖

72

了十六石糜子。在我们老家一斗糜子三十斤，一石十斗，一石就是三百斤，十六石就是四千八百斤，差不多是一个人十年的口粮。

有这十六石糜子垫底，母亲有了底气，让人给自己的大大找老伴。

话放出去，不日就有了回信，太和寨乡杜新庄村有一个合适的对象。没费多大周折就成了，女方刚刚病没了丈夫，带着大的十二岁，小的只有五岁，一女两男三个孩子，孤儿寡母嗷嗷待哺，听媒人说外爷现有十六石糜子，还有哗啦哗啦响，哪里还有抵抗之力，仅提一条要求，男方到她家（俗称招汉上门）。这要求正合外爷心意，一个人无房无地，无牵无挂，哪里不是鸡叫狗咬。

外爷走进后外婆的家，发现这个破碎的家，更像是一个水深火热的陷阱。三个孩子缺吃少穿不说，后外婆是一个间歇发作的精神病人，这个家一贫如洗刮瓮成干，马上要断顿。退一步说，就是有粮食，连把生米煮成熟饭的人都没有。

后外婆也是一个可怜人，她的大大解放前夕被国民党打死，正好她生第三个孩子，家里人瞒着她，后外婆一个月子没见大大来，就有点疑心。等满月了，家人告诉她真相，不顾一切跑到大大的新坟，一声号出去半个时辰回不过气，脸黑唇紫，人们总以为是活不了了，没想到阎王不收，又退了回来。

失去大大的悲痛还没有缓过来，当太和寨乡长的丈夫又暴病身亡，年仅四十岁。经受不住接连失去两位亲人的残酷打击，面对三个嗷嗷待哺的孩子，急气攻心，疯了。在外爷进家前虽然好转，但是只要一着急一生气就犯病。

看着三个孩子一个疯人，外爷不忍心拍屁股走人，就是转身走了也不会有人怪罪。外爷去把媒人祖宗八代骂了一遍，转身跳入这个明摆着的陷阱，和这家人一同苦苦挣扎。

上天有好生之德，外爷外婆结婚的第二年，半疯癫的外婆居然生下一个男孩，为李家续了香火，更重要的是我有了一个特别喜欢的小舅舅。这一年外爷已经四十七岁，外婆也四十二岁了。这个小男孩的降生，给这个家庭带来了生机，也带来了转机。外婆的精神病大大好转，之前一个月至少犯一次病，成了一年也就是犯一两次，不着急、不特别生气就不犯。

大女儿出嫁后，外爷领着老婆和三个儿子回到了胡家塔。

三

我对外爷的记忆从六十年代末开始。

我们家的粮食不够吃，母亲就打发我去胡家塔"脱嘴"。这个词应该写作"脱嘴"还是"托嘴"？我也不知道，就是去亲戚家解决吃饭问题，给自己家省下一张吃饭的嘴。

脱嘴本来应该是去亲外婆胡家外爷家，因为胡家外爷家境相对殷实。但我的亲外婆对我要求特别严格，吃饭不能吃出声响，吃两碗就不让吃了，说："吃得不饿就行了，撑成大肚子谁能养活起嘞！"加上胡家外爷不是亲外爷，也有点隔膜。而李家外爷虽然穷，但外爷是亲的，再说还有一个特别有意思能带着我玩的小舅舅，所以，尽管离家的时候母亲千安万顿要去胡家外爷家，去了住上没两天就去了李家外爷，有时候是自己去，也有时候是小舅舅勾引去。

那时候，人民公社不允许外爷再刮草地，如果外爷非要去，那就以"外流人员"对待，每天要向生产队交八毛钱，外爷交不起，只好乖乖地给农业社放牲口。我最喜欢跟外爷一起去放牲口，外爷好像也挺喜欢领我，漫漫长日有了一个说话的人。

有一天我们爷孙俩赶着牲口刚出村口，遇见一个老汉，他一脸严肃地对外爷说："老二，前石畔有一个老婆领着一个小子，打听你家在哪嘞。"

外爷说："一个老婆？打听俄嘞？"

老汉说："领的那个小小长相和你的小子可像嘞！"

外爷满脸疑惑，自言自语："那是个谁嘞？"

"不是你草地上的老婆找你来兰？"

老汉这么一说，外爷恍然大悟，骂老汉："格老爷的，你外婆来兰！"

老汉哈哈大笑，扬长而去。

村人是和外爷开子虚乌有的玩笑，我的脑袋瓜却留下对外爷草地生活的无限想象。

外爷是骑牲口的高手，无论是驴还是牛，就是最尥蹶子的骡子外爷骑上去就像粘在背上。更炫的是，外爷能骑在牛背上抽水烟。外爷骑牲口的本领全村第一，我真是佩服极了！现在想来，外爷在内蒙古骑了二十年马，骑个牛驴骡那不是小菜一碟！

外爷也教会我骑牛和驴，但坚决不叫我骑骡子，他说："牲口里骡子最不厚道，谁会骑谁不会骑，你一跨上背它就知道了，不会骑的人走不出三步它就把你撂下来了。"

我问："外爷，为什么骡子就不厚道？"

外爷说："因为骡子是杂种。"

陕北放牲口都是在夏天秋天的下午，春天农业社的牲口送肥耕地苦重，槽养不野放。夏天秋天牲口上午干活，下午放牧。外爷放牲口，人很悠闲，每次都拣一条沟，人在沟口树荫下一坐，任牲口自己吃，吃到沟掌牲口就自己回头再吃，吃到沟口就到了太阳落山，也该回了。

放牲口的空闲，外爷会给我道古朝，也就是历史演义，

76

讲许多生活的常识。古朝大多忘记了，生活常识却牢牢记在心里。

诸如，要是狗追来咬你，既不要跑，也不要一屁股坐下，要弯腰蹲下，狗以为你捡石头就不敢近你身边咬你。

放牲口要扔出石头打牲口时，必须先喊一声，你一喊牲口一鼓气，就不会受伤。这一条我谨记，后来放羊常用这一招，果然如此。

人在路上走累了，要歇在树荫下，不能歇在阴崖下，阴崖容易吹阴风着凉，更害怕崖上掉泥块石块。

拽牛尾巴上坡要向下拽，不能向后拽，向后拽容易被牛踢着。

丑瓜俊蔓菁，瓜是丑的好吃，蔓菁是样子俊的好吃。

等等，等等。

尽管这些生活常识我也没用着多少，但仔细琢磨，却充满生存的智慧。

外爷不给我讲他刮草地的故事。

四

我在神木中学上高中的时候，有一天下午我们班在操场上体育课，远远地瞭见秋千架边的墙根下坐着一个老头抽水烟，那个坐姿，尤其是抽水烟的一举一动酷似我外爷。我好想走到跟前去辨认，又怕被班上的城里人笑话。

我已经有五六年不见外爷了，真的是很想他。这一节课我上得是心慌意乱，好不容易等到下课，溜在队尾，假装系鞋带蹲下来，等同学们离开操场，赶紧跑到墙根去看，就是外爷！

"外爷！"一声叫出去，声音居然哽咽了。

我蹲在外爷的身边。已经是春天三四月份了，外爷还穿着大襟皮袄。几年不见，外爷老了许多，眼角的皱纹伸到了耳朵，嘴周围也全是皱纹，看人时两个眼皮全都耷拉下来，脸黑黑的蒙了一层尘土。

"老命！"外爷看见我特别高兴，"老命"的命（读作mi）音拖得特别长。

"外爷，你咋还穿皮袄，不热?"

"离家时天还冷，热了就反穿上，毛朝外就不热了，皮袄就有这个好处。"外爷说。外爷又去内蒙古贩菜籽了，有十多年不让贩卖，生产队管得稍微松动了，外爷又重操旧业，再走老路。

爷孙俩坐在春日暖阳下的墙根边，外爷从他脏得已经看不出什么颜色的提包里拿出一个"月饼"，这个月饼颜色金黄金黄，比普通的月饼大一倍。

把月饼递到我手里，外爷说："老命，你快吃，这个叫麻泥饼，外爷找你，就是为了给你来送这个。外爷打算等你放学了，再去打问你，没想到在这儿等上你了，人口话（人

78

常说)，寻人不如等人。"外爷显得特别高兴，既见到了外孙，还没有费大劲。

神木中学有两千多学生，外爷既不知道我在几年级，又不知道我在哪一班，还不识字，要不是操场偶遇，真不知道外爷要费多大的周折才能找到我。

我对外爷说："外爷，我还要赶紧回去上课，你晚上住哪里，我放学了去找你。"

外爷说："老命，我见上你就走呀，现在还早，我能走到二十里墩。"

这次爷孙俩见面还不到十分钟。回教室的路上，手里拿着外爷给的月饼，想到外爷七十岁的高龄，穿着破皮袄，背着几十斤菜籽，在漫长孤寂的旅途上跋涉的身影，眼泪不由自主地一路走一路流。

晚自习后，我吃外爷给我的麻泥饼，真的是非常好吃，我吃过世界上最好吃的东西是面包，但这个外爷叫麻泥饼的东西，一点儿也不比面包差。

三十年后，在内蒙古准格尔旗的西召，再次见到麻泥饼！这次我才知道它叫"嘛呢饼"，"嘛呢"两字取自佛祖六字真言。饼皮是白面用上好的酥油、胡油、鸡蛋和制，馅是红糖、炒芝麻、葡萄干，那能不好吃?

准格尔旗的西召又名宝堂寺，是内蒙古藏传佛教除武当召外最大的召庙，每年农历四月举行一个月盛大庙会，庙会期间制作大量的嘛呢饼，给僧人和上布施的人吃。

我问住持："嘛呢饼别的寺庙有没有？"

住持说："只有这里有。"

"嘛呢饼出售不出售？"

"不出售。"

"除了僧人，普通人怎么才能有？"

"除了僧人和上布施的人，寺庙会施舍给乞丐。"

我又问："每个乞丐会给几个？"

住持说："一天只给一个。"

我知道了三十年前我的外爷到神木中学操场上送给我的那一个嘛呢饼，是他守了一天的收获！

五

八十年代初外爷又开始了刮草地的生涯。

后外婆的三个孩子都已成家立业，而自己的儿子还没有成家，为别人的孩子苦熬苦挣了二十几年，既没有攒下钱，也没有立下业，靠苦力在胡家塔前石畔靠山挖了两孔土窑洞。外爷深知自己的这点家当不足以吸引回家一个媳妇。七十岁出头的外爷，又重操旧业，去内蒙古贩卖菜籽。

八十年代初，我已经在神木教育局教研室工作，神木城有了亲外孙，方便了许多，他从花石崖坐班车到神木，和我住一夜，我给他买票坐班车到神木最北的中鸡乡。从中鸡开始向北进入新街（外爷口中的蒙镇会），一路走一路卖，什么时候售罄什么时候掉头。之前是步走，一次背三四十斤，八十年代不用步走了，一次可以带六七十斤菜籽。种菜前去了，把菜籽赊给人家，秋后收菜时去收钱，如果白菜长不出来或者出了质量问题，由外爷包赔。贩卖一趟赚不到二百块，还不包括交通餐饮费。外爷贩卖的是高家堡白菜籽，在伊金霍洛旗、达拉特旗、鄂托克旗都很有名，而老李白菜更是这一带的驰名品牌。古人描写白菜：蕴精气于盛夏，起葱茏于秋后。一片一片的葱茏是外爷背去的。

我从1999年开始在内蒙古工作，迄今有二十多年了，凡是外爷过去说过的地名，我几乎都去过了，什么蒙镇会、树林召，什么察罕淖、八音淖，外爷说过的所有地名都没有离开伊克昭盟，就是说外爷一直在黄河以南活动，就没有跨过黄河，甚至连包头也没有去过。

外爷年轻时在内蒙古的二十年干什么，至今仍然是一个谜。但八十年代以后外爷去了内蒙古的哪里，怎么去，去干什么，我已经逐渐清晰了，他就是一个贩菜籽的老头，每年去两趟，按照伊盟的种菜季节，种前把菜籽赊卖，初冬收菜时去要账，走在哪里，有朋友就吃住在朋友家，没有朋友就乞讨。

六

舅舅成家后，外爷再没有刮草地，外爷老了，刮不动了。

有一年我去花石崖中学讲课，正好遇集，在供销社门前我碰见了外爷。我进供销社给他买了两瓶太白酒，这是这个门市里最好的酒。拿到我给他的酒，爱喝酒的外爷真是心花怒放，就地坐在供销社的门前开喝，对着酒瓶"干吹"。只要是熟人走过，一定要让人家喝一口，夸耀这是外孙给他买的，然后等人家说，你老歇下好了，有好外孙。外爷听了喜不自胜，我听了无地自容。

现在，我的家里放不少好酒，没有人喝，我的外爷要在该多好！

1986年正月初八这天，外爷趴在炕上用笤帚扫炕，外爷的孙女秀芳骑上爷爷的脊梁，爷爷只说了一句：我的心呀！歪倒在炕上，再没有起来。

外爷大名李向海，小名老二，出生于1909年阴历十月二十日，殁于1986年正月初八，享年七十八岁。

2021年9月15日于呼和浩特和林盛乐

与岳父下棋

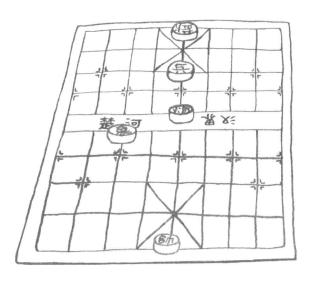

岳父酷爱下中国象棋，任何时候，你只要邀他下棋，他都会露出孩子般的笑容说："下棋？来起！"从来不会拒绝。

一

人生如棋局，棋品如人品。

岳父是下棋高手，跟我下棋，落子如飞，几乎不怎么思考。我知道我不是岳父的对手，所以每次开局前，到岳父的棋局中拣去一个"车"，这叫让一个大子。就这样，还是输多赢少，最明显的效果是延缓了输的时间。我虽然是臭棋篓子，但有不服输的天性，每每陷入绝境，总要千方百计脱围解困，无论我思考多长时间，岳父都会耐心等待，从不催促。无论棋局胜负多么鲜明，岳父从不劝你投降。

每次我苦苦思索解困妙着，岳父都会重复一句话："嘿嘿，象棋克（可）深嘞！"

每次我输了，岳父都会说："下棋不是打仗，输赢成寇不大。"意思是下棋的输赢不像打仗，成王败寇。

若是他输了，就会一边摆棋子一边自我解嘲："重来起，没输金子也没输银（读作níng）子。"

我年轻时学会下棋，也曾痴迷，工作以后，基本上就不摸了。结婚成家，遇见一个酷爱下棋的老丈人（陕北人对岳父统称），才重操旧业。与岳父下棋，纯属讨老丈人欢喜，成本低，效果好。

棋逢对手，将遇良才，这是人生的至美境界。遇到我这样的臭棋篓子，岳父应该是棋兴索然。但绝非如此，岳父与我对弈，每局都是全神贯注，好像世界只剩下面前的棋局，既不喝一口水，也不去一趟卫生间，全力以赴，每局必赢。可恨的是，每当我陷入绝境时，就会听见他重复了无数遍的声音："嘿嘿，象棋克深了！"更可恨的是，岳父从来不让棋，也不教你怎么下才能赢。

小舅子从西安回来，一有空就陪父亲下棋，我在旁边观战，同时给小舅子支着儿。

旁观者清，岳父下棋大局观特别强，根本不在乎一兵一卒的丢失，前半局基本是在走势布阵，后半局坐等你自投罗网。

看清这点，我再与岳父对弈，就改变策略，开局只要有机会就兑兑，通过兑子来破坏他排兵布局。无奈，岳父的残棋功夫更是了得，大子兑完，斗小兵小卒，岳父更是如鱼得水，眼见的一个小卒就把你的老将困死了。棋艺正如岳父所说："克深勒！"水平高低真是天差地别。

岳父也有输的时候，节假日在岳父家里下棋，有时会来把岳父叫姑父的那些侄儿，几个人围攻岳父。有主下的，有支招儿的，有呐喊的，还有神不知鬼不觉偷子的。先前我以为岳父被他们的乱给搅蒙了，不知道自己的子被偷，后来我发现，岳父根本就知道少了子，但也不揭穿，就算是意外阵亡了，该怎么下还怎么下，一点儿不受影响。只要打乱仗，岳父一定是输多赢少，输了仍然是那句话："重来起，不输金子，不输银子。"

有一年我从内蒙古回到神木，岳父不在家，岳母说他到街上下棋去了，我待在家里无聊，就去街里找岳父。在二粮站门市旁，围着一团人，远远一看就知道是棋摊。我到了跟前伸进头一看，岳父正在一对 N 下棋，就是岳父一方，对手不知是几人。

高手在民间，岳父是高手，可是天外有天，人外有人，岳父来街边下棋，就是来找对手。我蹲在旁边观战，岳父太专注了，根本不知道我来。和岳父对弈的人我也认识，下棋小有名气，与岳父棋艺相当。

这个人下棋与岳父有一个最大的不同，岳父从来落子无悔，而他一旦有关键失子，必然要求悔棋，有时是观棋的人帮他悔棋。岳父也不反对，如此一来，岳父就输多赢少。

我看了两局看不下去，当对方失子又要习惯性地悔棋时，我按住了棋子说："高手对弈，落子无悔！"

这时岳父才看见我在旁边，连忙说："能嘞，能嘞！"替人家把棋摆回原样。

我说："悔棋是我这样的臭棋篓子，高手悔棋，不怕坏了名声？"

对方也认出了我是谁，打哈哈说："哈耶，替老丈人出头来兰！要不你来，咱俩见个高低。"

"我和你就是走一步悔十步也是输。"

对方听出了我话里的讽刺意味，不再吭声，继续和岳父下。观棋的人看岳父也有了同盟军，有所收敛。不知是不让悔棋影响了水平，还是人家有女婿做后盾，对方连输三局，表情讪讪，推棋起身。

回家的路上，岳父对我说："下棋不是打仗，输赢成寇不大。"

"那也得讲规矩，讲棋德。"

岳父笑着说："耍嘞，没输金子也没输银子。"

岳父下棋是高手，做人是好人，街边的人都愿意和岳父下棋。

二

岳父大名贺野民，小名旺长，大名自命，小名父母所赐。岳父的祖上是晋陕接壤区，黄河岸边有名的"秦隆泰"，既有土地，又有商铺，所谓种地加买卖。

岳父1932年出生在万镇兰家会，一个黄河岸边的小村庄。在他出生的第二年，秦隆泰遭"土匪"抢劫。这让我联想起距兰家会九十里外胡家塔的外爷家，也是在1933年被"土匪"抢劫，这一年是神木南乡大户人家的遭抢年。岳父的家兰家会对面就是山西，黄河两岸都是晋军的地盘。秦隆泰偌大的家业一年之内坍塌，被迫举家迁到山西逃难。1937年日本人占领山西后，又逃回陕西。

岳父有弟兄五个，岳父排行老四。老二已经当了兵，按照民国的兵役政策，老三一到十六岁就得当兵。岳父的大大想把老三过继给没有孩子的叔伯兄弟，这样就可以避免当兵。这个兄弟却看上了老四，长相眉清目秀，头脑聪明伶俐，年龄十岁，不大不小。老三已经十四岁，完全懂事，白替人家养儿，躲过兵役，指定回去。岳父的大愿意给老三，小算盘也正是打的这个。岳父还小，送给人家有

88

点舍不得。背着自己的兄弟，岳父的大教岳父说，你叔父要襟有你，问你愿意不愿意时，你就说不愿意。岳父不说话，但点了点头。

叔父问他："你愿不愿意跟我走？"岳父不说话，但上炕抱上自己的铺盖卷，意思不仅愿意，今天晚上就在你家睡。

岳父的大傻了眼。

岳父成了远房叔父的过继儿子，这一年岳父的叔父三十三岁，婶母二十三岁。

叔父结婚后生过两个孩子，但都夭折了，过继儿子进门后，一连生了三个女儿一个儿子，全都活了下来，都说过继儿子旺长命硬，把死神挡在了门外。

孩子一年比一年多，人丁是兴旺了，生存资源却越来越稀缺，不仅孩子没饭吃，大人也面临饿死。叔父只好带着一家人到山西逃荒，留下岳父看家。土改时，不知什么原因，叔父的家居然分给了别人，岳父被赶出家门，住在了万镇当街的神楼子里，没吃没住没人管，开始了流浪汉的生涯。也就是这段时间，岳父经常蹲在街边看人下棋，看会了下棋，痴迷上下棋。

老家人有一句俗语：学会下象棋，不嫌老婆做饭迟。下棋让岳父忘记了饥饿，忘记了烦恼，甚至忘记了活着。

就是岳父在棋局中苟且的时候，万镇解放了。念过四年书、会写字有文化的岳父成了新政权重点培养的对象，十七岁的岳父被送进县党校学习。报名时，岳父给自己起官名贺野民。

在县党校，我的爸爸和岳父成了同学，我爸爸比我岳父大四岁。与我命运密切相关的两个男人在这里相会，埋下了三十年后我与妻子相会的种子。八年后才有了老婆的岳父，当时再有想象力，也想不到自己会和这个人成为亲家，为老天爷的深谋远虑感叹！

三

半年期的县党校学习结束后，岳父又被选送到榆林地区党校学习一年。一年结束后，岳父年龄小，加之学习好，又被选送到绥德速成高中继续学习，一学就是五年。在这五年里，贺野民同学一直担任学生会主席，让所有同学们记住的却是贺野民是全校象棋比赛冠军。

1957年，岳父学成归来，被分配到神木县瑶镇乡当文书。恰逢"大跃进"，本该大展宏图的岳父，却当不了弄潮儿，每天都要上报的各种各样的数字，自己把自己弄得寸步难行。组织调整他到民政局当干事，也干不了什么事，更加举步维艰。

1962年，月薪已挣到五十多元，原本不属于精简对象的岳父，主动申请精简，成为花石崖的农民。

有一天，我爸爸到花石崖下乡，从小吉普车出来，看见了我岳父，把乡里迎接的人扔在一边，大喊："老贺，老贺！"远远地伸出手，一边握手，一边拍肩膀。我成为他的女婿后，这一幕无数次地讲给我听。

我真正认识岳父是1982年，这时候我已经认识他的女儿。这一年的秋天，我去太和寨中学讲课，岳父是太和寨中学的老师。1972年，当了十年民办教师的岳父幸运从天而降，不仅转为公办教师，工资待遇还按精简时的水平恢复，是当时比校长工资还高的教师。

重新吃了公家饭的岳父课上得怎么样我确实不知道，但棋艺在太和寨中学绝对一流。每天下午，贺老师坐在自己宿办合一的窑洞门前摆开棋桌，一对N开战，只赢不输。这个阶段的岳父大概也是人生最得意自在的时候，别人千方百计往县城里调，岳父却拒绝调回城里的机会，觉得太和寨是比世外桃源还要好的地方，有工作、有钱挣、有人陪下棋，太香了！

到我与他的女儿结婚的时候，他成了神木二中的老师，尽管下棋的对手比乡下的水平提高了太多，而且下棋的范围也扩大到三教九流，许多人会慕名到二中找贺老师下棋，但我隐隐觉得岳父并不开心，乡村才是安放灵魂的地方，贺野民嘛。

四

岳父八十岁以后耳聋加重,几乎无法与人交谈,想问他什么,就写在纸上。耳聋使他完全进入一个人的世界,耳聋也使他更喜欢下棋,下棋被雅称为"手谈",这成了他和外界交流的唯一方式。进入老年的岳父棋艺大降,和我下都是输多赢少,不能再让那个大子了。

我知道,岳父这是输给了时间,时间才是任何人都战胜不了的对手。

每次输了棋,岳父都会说:"人老了,招呼不住了!"

听他的话,不由得怜从心生,开始有意给他让棋,但又不能让他觉察我在有意让,一个棋手的尊严比输赢更重要。但下棋这件事,你一旦有杂念,输得特别快,而且是一连几盘地输。这就使我和岳父下棋出现这样的现象,一方连续赢连续输,大起大落。

岳父下棋特别有韧劲,只要你不说结束,他从来不主动提议结束。所以,每次下棋我想结束时,就拿出三根牙签,申明最后三局。

有一次周末我和岳父下棋,这次我就想看看究竟谁能扛过谁,不信我五十岁还扛不过你八十岁。从晚上八点开始,一直下到午夜十二点,每下完一盘,岳父还是开始重新摆子。你摆我也摆，咱就接着下。

岳父像一尊佛，静静地端坐在我的对面，全神贯注于棋局，不要说时间，仿佛我都不存在。眼睛眯成一条缝，隔一会儿，使劲地睁一下。

到凌晨两点，我实在是困得撑不住了，只好按照惯例摆了三根牙签，三根牙签很快被岳父赢走，他心满意足地起身，我指着墙上的挂钟让他看，他淡淡地说了一句："时候不早了，睡吧。"

我的天，岳父把这个时刻称为："不早了！"

除了下棋，岳父还有一大爱好：种地。

神木城的阴山路一直向东延伸就进入阴山沟，岳父的家就在阴山沟口，阴山沟口，从沟口到沟掌足有三里长。岳父九十年代初退休后，就在距离家有两里多的阴山沟里垒石造田，从此，每年的夏秋，岳父的所有亲戚都能吃上岳父种的蔬菜。

每年春夏秋，岳父几乎把所有的时间和精力都投入造田、种田，连酷爱的下棋都顾不上了。我们回家探亲，只要岳父不在家，一定是在后沟的地里。

有一年的夏天，已经中午十二点多，岳父还不回家吃饭，岳母说："灰老汉一定是忘了时间，你快去叫。"

我从家里出发，一直向沟里走。沟的北边是石头山，过去是采石场，满坡碎石，沟的南边是土石山，杂草灌木丛生。沟底时宽时窄，宽处有五六十米，窄处不过一二十米。走在沟里分外寂静，连一只鸟儿也看不见。从沟底向山上望，觉得两边的山都特别特别地高，白云似乎就在山顶上流动。正午的阳光下，矮矮的影子领着我，深一脚浅一脚地向沟掌走。

在一个宽展的地方我看见了岳父，岳父个子又瘦又小，肩上挑着两桶水，扁担很短，两只手一边拽一只桶系，头上戴一顶破草帽，腰后挫着从北边的山坡上一步一步往下挪，那姿势仿佛随时会坐在山坡上。挪的目标就是坡根底那一片葱绿的菜园。

我纳闷水不是应该从沟底取吗？一看自己所处的沟底就是一条旱渠，不要说水，连一点潮湿都没有。岳父在半坡上挖了一个泉水坑，挑水灌溉他的蔬菜。我明白了，经常吃的豆角、西红柿、辣椒、茄子都是岳父一桶水一桶水从半山腰担水浇灌的。

每次回家，岳父岳母使劲给我车上装菜，我一是嫌多，二是嫌岳父种的菜不如菜市场买的水灵好看。自从知道岳父怎么种地，再不敢嫌弃。

从九十年代开始，直至今年岳父年届九十，种地从未间断。带动周围邻居也去种地，他们种的地大多是岳父开辟的，岳父说他前前后后开辟了有三亩多地，有九成送给了邻居。

五

岳父不能再下棋了，体力、智力都不支持，更多的是蹲在旁边看别人下。我曾经在呼和浩特大召民族工艺一条街给岳父买了一盘象棋、棋盘，是牛皮工艺品，很精致，是用来看不是用来玩的。岳父就把这盘牛皮象棋工艺品抱到街上让别人下。

有人问："这是谁的?"

岳父会抢着说："我的。"

"贺老师，你这棋盘太好了，哪来的?"

岳父会得意洋洋地告诉人家："我女婿从内蒙古买回来送我的，克（可）贵嘞!"

见到岳父，不由自主地会想起我的父亲，这两个都从花石崖出发，与我命运密切相关的人。岳父今年九十岁了，县里为在党五十年以上的老党员体检，岳父各项指标都正常，在所有参加体检的人里是唯一的。而父亲离开人世已经十八年了! 1949年，作为重点培养的地方干部，两人一起住进县党校，把两个人的履历放在一起对比，你不能不感慨命运这个词有无限丰富的内涵。

岳父常说：死是一条大路，人人都得走，迟早而已。岳父年届九十，快要到人生的终点，我问他："大大，你怕不怕死?"

岳父笑着说:"怕了,一个人只有一条命,不能试一试死究竟好不好。"

我说:"大大,你主要怕甚?"

"不怕,估计那边比这边好,死了的人没有一个回来,说明那边比这边好!"岳父嘿嘿地笑,活像一个顽皮的孩子。

九十岁的岳父还在下棋,还在种地,还在路上捡废弃的铁丝、木头,还在不停地干活,光是拐杖就自制了五十多根。

今年岳父增加了一项爱好,长时间捧着前年照的一张全家福看,相片里老两口儿坐在门前的板凳上,都已年过半百的一个女儿两个儿子站在身后。

孙女逗他:"爷爷想你的儿女们了?"爷爷答非所问地自言自语:"孩儿们都长大了。"

应该再照一张,把三个孙子,两个外孙补在第三排。

岳父活得通透、自在、无我。

2021年10月4日于神木岳父家中

少年不识愁滋味

一

　　打记事起，我每年会与一只羊相依为命，从春到冬。

　　过年不久，家里的母绵羊就会下一只白白的羊羔，这只羊的喂养责任母亲就落实给我。我每年都会根据羊羔不同的特点起一个名字："花蹄""黑眼""赛雪"。一个月以后，羊羔就会知道自己的名字叫什么。

　　那时候，家家户户的羊集中放养，绵羊妈妈半晌午出去，晚上太阳落山才回来。在这七八个小时的时间里，小羊羔会饿得咩咩叫，一旦羊羔叫唤，我就把煮熟的黑豆嚼碎嘴对着羊羔的嘴喂，这样的喂至少要坚持一个月，直到羊羔自己会吃食为止。喂羊羔时，我一手拿着黑豆碗，一手抱着羊羔，嘴里嚼着黑豆，稍微嚼得慢一点，羊羔就等不及了，把它的嘴伸到我的嘴边蹭，眼睛殷殷地望着你。小羊羔的眼睛一定是世界上最漂亮的眼睛，圆圆的、黑黑的、水汪汪的，像两粒黑珍珠。喂羊羔时，我会情不自禁地亲亲它温柔、善良、美丽的黑眼睛。熟黑豆开始嚼有点苦，嚼着嚼着就感觉特别香，我也特别想吃，看羊羔着急的样子，也就舍不得咽下去，实在馋得不行，就在碗底留一把，背着羊羔偷偷吃。

一家人羊羔只黏我，我走在哪里它跟到哪里，每次离开家出去和村里的小伙伴玩，都要偷偷摸摸地走，否则，它就缠在我的腿弯，走哪跟哪儿。我一回到家，无论它在哪个角落，都会欢天喜地地蹦了过来，有时候平衡掌握不好跌跌撞撞倒在我的脚下，我会爱怜地把它抱在怀里，久久不愿放下。

到了山青草绿的时候，羊羔也有四五个月大了，可以吃青草了，我就每天上山挖野菜给羊羔吃。羊羔最喜欢吃的野菜是蒲公英、甜苣、荠菜，树绿时节的柳树梢也特别爱吃。苦菜能治羊羔拉肚子，蒲公英羊羔吃了不干肠。

给羊羔挖野菜的时候，我特别向往能挖到一棵灵芝草，村里的老人说吃了灵芝草可以长生不死。可是，我并不认识灵芝草，想象它比山丹丹更好看，想象它是仙女一般漂亮的草。看见漂亮的叫不出来名字的草我就采回去，无数次问奶奶是不是灵芝草，奶奶也没见过，有时还故意神秘兮兮地声音压得低低地说："这棵是灵芝草，藏好，不要让人看见。"

到了秋天，羊羔长大了，最爱吃的是半熟的庄稼秆，谷子秆、玉米秆、高粱秆，尤其是长着嫩黑豆荚的豆秧。为了满足它的食欲，我是转遍山渠坡峁，千方百计地寻找野生黑豆秧。听到大人要去锄黑豆地，就跟着去捡间下的豆苗。我们老家把这样喂养的羊叫"站羊"，不出去到山上放养，这种方法养的羊膘肥肉厚。

养到秋冬，羊的个子几乎有我大，这时候，羊和我就通了灵性，我觉得我说的话它都能懂。在远远的碥畔上吃草，我喊一声它的名字，它就蹦蹦跳跳地跑回来了！我和它玩骑马，骑在它身上，它要愿意能跑几十米，它要不愿意，就地转圈，连蹦带扭立马就把我摔在地上。村里养站羊的孩子不止我一个，大家经常领着羊一起放，不论多少只羊在一起，孩子们都不会认错自己的羊，而羊更不会认错自己的小主人。

都说狗不嫌家贫，羊压根儿不论贫富只认人。

天渐渐冷了，离冬天越来越近。我最最害怕听到的节令是"小雪"，小雪杀羊，大雪杀猪，小雪是杀羊的节令，老辈人说，过了小雪羊就不长了。大多数时候，不到小雪就下雪了，天上的雪似乎下在了我的心上，我知道我的羊羔末日到了，而我没有给它找到吃了不死的灵芝草。

母亲说，外婆想我了，让我去外婆家住一段时间。我抱着羊的头，久久不愿松开，泪水流进自己的嘴里，也流进羊的嘴里。

每年这个时候母亲都下一次决心：明年克（可）是不喂站羊了！

到了外婆家，外婆家也有小雪的节令。小雪这天早晨，邻居家大人要杀羊，孩子死死抱住他的站羊头，边哭边喊：你们把我杀了吧！

雪花飞舞，天地苍茫，我的羊羔在天地间蹦蹦跳跳。我的心仿佛掉进冰窖，眼泪小溪一般地淌，为相依为命的羊，也为我们苦难的童年。

尽管把儿子打发走了，母亲自己却迟迟下不了杀羊的狠心，羊和儿子一样，都是她的家庭成员。母亲把羊贱卖给村里人，多一半打当年的粮钱，少一半再买别人家的肉。

二

给猪羊挖野菜、砍做饭的柴火是伴随我整个少年时期两项重要的劳动。

有一年夏天在村里叫佛堂岔的沟里挖野菜，头天下了一场透雨，第二天地还湿漉漉的。挖野菜久了，就有了经验，知道什么地方有野菜，什么地方的野菜长得旺。庄稼地里的野菜都当草锄了，荒地里野菜个小没水气，不好拔。庄稼地

101

与荒地的交界是野菜生长最茂盛的地方，我拔野菜就沿着地边找。

这天，我正沿着地边走，发现地塄下边的斜坡上长满一簇一簇的苦菜，个大、叶宽、水灵。斜坡下面就是几丈高的石崖，事后想，高高的石崖就是野菜未被人拔走的原因。我是村里有名的大胆，上树下崖无所畏惧。我把筐子放在地塄上，人就往斜坡出溜。哪想到，雨后的黄土十分松软，人跟着黄土一齐往下溜，居然停不下来。黄土坡上除了野菜不长其他的植物，手无可抓的东西。我翻身伏在坡上，两只手死命往土里抠，出溜停住了！两条腿已经悬在石崖上。

我拼命喊："救命，救命，救命！"明明周围有一起挖野菜的小伙伴，还有比我大好几岁的，可是没有一个人理我！天远地旷，山高谷深，身后的悬崖，仿佛张大口的饿狼，等着把我吞进去。死亡的恐惧令我双耳嗡的一声响了出去不再拐弯，脑子一片空白。

没有人来救我，求生的本能指挥着我两只手死死抠着地，两只脚开始寻找支撑点，右脚找到了石棱，我用一只手抠地一只肘撑地，右脚一用力，身体爬上了崖畔，在土和石头的结合部左脚找到了落脚点，手脚并用爬上了土坡，整个人伏在地塄上缓了有十多分钟。

当我确认自己还活着，开始后怕，今天如果掉下去，肯定没命！我想象我的妈妈抱着她死了的儿子哭天抢地的惨痛样子，眼泪如泉水一般涌了出来！这时一个叫林生的人路过我身边，年龄比我大五六岁，论辈分我要叫爷爷，看见我哭，问我：怎么了？我把刚刚经历的险情告诉他，他看着我差点儿送命的现场，怪我不喊他们。我带着哭腔大声喊："我喊了，挣命喊了！你们没有一个人来救我。"

一起挖野菜的小伙伴有四五个人，都聚过来，没有一个人听见我喊。我仿佛噩梦醒来一般，天空，大地，眼前的人，刚刚发生的生死劫，一切都是那样不真实。

很久以后，我才知道巨大的恐惧可以令人失声，我推测我是失声了，自己在心里狂喊，而声音并没有发出去。

我差点儿掉崖送命的事没有告诉母亲。

三

奶奶给我讲了一个故事，说邻居大娘有一次上山打猪草，在一座坟茔里捡到一只金镯子，大娘的公公拿这只金镯子到内蒙古换回一头高大的骡子，这家人就发了。从此，我痴迷上"金子"，其实我对金子什么样完全没有概念，但是奶奶的故事让我记住两个关键词：坟，金光闪闪。

只要是去地里干活，我都会特别留意有没有坟，坟里有没有闪光的东西。我特别渴望捡到一只金镯子，为我妈妈，为我的穷家立一大功，让我的妈妈不再为缺钱愁肠。

渴望迟迟变不成现实。

我们村坐落在山坳里，无论从哪个方向出村，都要上一道深深的圪洞，再下一道深深的圪洞。这个地势导致我们村里的人无论从哪个方向出村劳动，都要上一道圪洞再下一道圪洞，劳动完了回村也是这样一上一下。

晌午太阳最毒的时间，我和几个小伙伴每人背着一大筐野菜，爬回家的圪洞，坡陡路长，圪洞里也没有歇脚的地方，再累也得一步步往上走，背上的菜沉沉地压在身上，腰深深地弯着，眼睛盯着两个移动的脚。走到圪洞的一半，汗水就开始往下掉，一路走一路掉，大家谁也不说话，只听见一声声的喘气声此起彼伏，汗水无声地滴落。

走出圪洞，就有休息的土台阶，大家依次把背上的菜筐放在台阶上。就在这时候，我远远地望见对面山坡上的坟茔里金光若隐若现，坟，金光闪闪！我断定梦寐以求的金子出现了！

我不由自主地大声向伙伴们说：金子，对面坟上有金子！大家一齐向我指的地方望去，大家也看见了闪光，但年龄比我大一点的孩子非常肯定地说：是瓷片闪光。瓷片是黑的，闪的应该是黑光，这明明是金光，我坚信那就是金子，而且决定去实地看。

从我们歇脚的地方到那座坟要再从刚刚上来的圪洞下去，再爬上对面的山坡，没有一个小时返不回来，累得奄奄

104

一息的小伙伴们刚刚喘了一口气，没有一个人愿意跟着我去。我沿着洒满汗水的路跑下去，又气喘吁吁地爬上山坡到了坟地。奇怪，不仅金光没有了，连闪闪也没有了，倒是瓷罐片、瓷碗片，东一块西一块。

当我灰心丧气疲惫不堪返回休息的地方，伙伴们都走了，只有我的野菜筐孤零零地坐着，野菜蔫蔫地耷拉着。

金子，或许还在那些坟茔里。

四

山村冬天里小孩子最喜欢的两项活动都与"听"有关，一项是听盲人说书，一项是听门。

听门原本是陕北的婚俗，新婚之夜婆婆要去新房窗外听里边的动静。大概是因为旧社会结婚早，婆婆担心两个孩子不懂的事太多，就去新房门上听一听，以防不测。新社会结婚的人都是成人了，没什么好担心的，婆婆听门就是象征性地到新房门上走一遭，咳嗽两声，算是尽了礼数。

农村人结婚都是在冬天农闲的时候，引新媳妇是陕北农村最隆重热烈的活动。"哇呜哇，咚咚镲，引回个媳妇背坐下。"小孩子们一边唱着儿歌，一边兴致勃勃地参与每一项仪式。在看热闹的时候，一帮半大坏小子已经开始了策划晚上听门的活动。主家院落的环境，新房的位置，有没有狗，

105

都在考虑之列。

山村的夜，天上繁星闪烁，人家灯火点点，鸡上架，牛羊入定，寂静中偶尔几声犬吠。这时候，按照白天的约定，听门小分队出动了。听门的要领是脚步轻、不出声、有耐心、抗得冻。

第一次听门，记得是来贺哥结婚，五六个大到十四五岁，小到我这样的七八岁孩子去听门。大孩子在前，小孩子跟在后，前面领头的猫着腰，先把一只脚大大地伸出去，再把另一只脚轻轻跟上来。听门的人，一进大门槛就猫下了腰，其实大门距离家门至少有五十米远，完全可以走在院子中间再往下猫腰，再说就是站起来走，屋子里的人也看不见。猫腰是听门的第一要领，就像打仗要匍匐前进一样，一辈一辈传下来的。

我跟在后面照猫画虎，一开始还紧张，低着头亦步亦趋。后来抬起头看见这一队人鬼鬼祟祟、点头晃脑地走在人家的院子里，就觉得十分好笑，不由得笑出了声。这一出声，房里的人听见了外面的动静，等于暴露了目标，领头的海朝只好命令撤退。出了大门，海朝恶狠狠地说：小林不要进去了，在外面望风。望风的时候，又望见几队听门的猫着腰进去了，也有独立行动的。

几乎每年冬天都听门，从七八岁听到十一二岁我离开家去外面读书，可是没有一次听到实质性内容。你想想，那些结婚的人都是听门长大的，还能不知道自己婚房外面有什么动静？再说，听门都在冬天，十冬腊月，天寒地冻，那时的孩子们衣服单薄，谁能在人家的门外坚持站上半个小时？有一次我在门外站了不到十分钟，就冷得上下牙齿打颤，发出了噔噔噔的声音，里边的新郎叫着我的名字说：小林，快进家里暖和一会儿！

这还有什么意思，赶紧地溜。

不要说听到实质性内容，就没有看见新娘脱过衣服，都是穿着衣服睡觉，用被子把自己裹成个卷卷，有的入洞房一个多月了，还是个圈圈。

也有新郎新娘拉话的，往往是男方嫌女方彩礼要得太多，愁欠下一屁股饥荒以后日子怎么过，女方嫌男方小气做的衣服短得穿不出去，见不了人。拉着拉着就吵起来了，以新娘子抽抽泣泣告终。

有时，也能听到一些故事。

来福和媳妇腊月结婚，正月孩子们去听门，估计来福耐不住，霸王硬上弓，让媳妇一脚蹬在炕圪圪塄。第二天小腹肿得连路都走不了。孩子们给来福媳妇起外号叫：霸王腿。

有生的媳妇新婚之夜里饿得不行，新房里又没吃的，有生发现地下的石仓里有山药，就在炉灰里烧了几个山药蛋。不想，有生媳妇一口气全吃了。估计是新婚到了新家，不敢吃也没心思吃，有生媳妇的新婚就是烧山药蛋充饥。关键是吃完山药蛋洗手没洗脸，第二天早上婆婆见了大吃一惊，媳妇咋长出了胡子？有生媳妇长胡子的故事说了几十年，现在还说。

听门的经验：结婚就是一件白天红火、晚上难过的事。

五

生养我的村庄叫高念文，你千万不要被这个名字误导，以为我们村的书香门第鳞次栉比。据我考证，高念文有人开始活动的时间是明朝成化年间（1465—1487），距今有五百多年了。五百年间，我们的祖先没有片言只语写在巴掌大的纸上留给后辈。五百年间，山上不知有多少坟茔，居然没有一块写字的墓碑。到我上小学的时候，我们村里过春节贴对联，还有人是用瓷碗底沾墨汁在红春联上拓圆圈。村里就一两个会写字的人，全村三百多户人家，实在是写不过来。

1968 年的秋天，村里的小学复课开学，所有的孩子都往学校聚。想念书，先报名，别的孩子是家长领着，我母亲顾不上，我就自己去。

老师问我：几岁了？

七岁。

什么成分？

贫下中农。

围着的大人孩子都笑了，我一口报了三个成分。

所有的孩子、所有的年级就在一间房子里，四个年级，一个老师。没有书，让自己按年级借，我没有借到，二姐上一年级肯定有书，早让我妈糊了纸瓮。

女老师卢玉香，二十多岁，瘦长脸，圆下巴，杏核眼顾盼有神，说话干脆，做事干练，不苟言笑，不怒自威，上过榆林师范学校，有知识，会教书，是一个难得的好老师。一个人教四个年级忙而不乱有条不紊，教某一年级，其他年级或写字或算术。还安排高年级的学生给低年级的学生当"小教员"，手把手教写字，一对一辅导算术。

也有像我这样不安分的人破坏秩序，老师要求把当堂教的生字在石头小黑板上写了擦，擦了写五十遍，我手里不停地写着擦着，耳朵里却听老师给高年级讲课。老师讲完让大家默读几遍再背出来，还没等高年级的同学举手，我就举手说会背。老师吃惊地看着我，认为我捣乱，牙关咬得紧紧地说："你背，背不下来，别怪我不客气！"手里耷拉的教鞭举了起来。原本记得溜溜熟的课文，往起一站，眼睛盯着教鞭，脑子里一片空白，脸红脖子粗一句都背不出来。老师的教鞭没往我身上来，而是啪啪敲着课桌大声说："不要逞能！"

其实我到学校逞能的机会也不多，干活为主，到学校

109

念书捎带。尤其春种秋收大忙时节，大人忙得连饭都吃不上，长手的都得帮忙干活，还容得我去书房逍遥。我的"站羊"更是要不时添草喂水，一天得跑回家十多趟，调皮小子们说我家里撂着吃奶娃娃。有一次正上课，教室门口伸进一颗白白的羊头，还左顾右盼，我一看是我的羊"赛雪"，赶忙跑出去牵回家，狠狠地对羊说："不识字还往学校跑，不要逞能!"

三年级的时候，不知是谁带到教室一本连环画，我至今不知道名字、内容，只记得一页一页的画面，有戴着钢盔的敌人，有戴着五角星的好人，这本连环画只在我手里待了不到一分钟，还没有从头至尾翻完，就让别的孩子抢走了，连环画的主人怕被孩子们抢破，再没敢带到学校。这是我在课本之外看到的第一本"课外书"。

母亲有用纸糊瓮的手艺，纸瓮可以储藏粮食米面。一个冬天的下午，我在院子的粮房里发现纸瓮上的字连起来念很有意思，可惜只能看一页，有的连一页也没有。这样的纸瓮家里有十多个，我就一个一个挨着往过看，鼻尖上蹭的全是面和土，耳朵也冻坏了。母亲发现儿子爱看字，就把大哥藏在竖柜顶上的一包书拿下来，抽出一本让我看，这本书是《红岩》。就是这本书开启了我的读书人生，让我走入了书的世界，知道了高念文之外还有更广阔的天地。

六

1972年春天的时候，公社开始从邻村任念功往我们村栽电线杆。夏天，我们村通了有线广播。

那段日子，在任念功上初中的学生天天都会带回电杆栽到哪里的消息。

终于栽到了我们村。

学校的对面山上有一根电杆，跨过小井沟，学校操场边也栽上一根碗口粗的柳树杆，在距离顶端约一尺的地方安上了一个白白的瓷瓶。学校操场边的这根电杆是进村第一杆，念书的孩子们对这根还没有拉上线的电杆充满敬畏，它已经不是一根普通的树干，它的名字叫"电杆"。几乎每一户人家的碴畔上都会栽一根电杆，碴畔上长树的，就把瓷瓶安在树上，树就变成"电杆"。栽好杆，安装上瓷瓶，拉线很快，两天就到了。

家家户户开始买广播，大多数人家去公社买的是喇叭形状的，所以大家不叫广播响了，而叫喇叭响了。我们家是二哥从县城回来买的方盒的广播，大约有三十厘米宽，四十厘米长，米黄色的。入户线拉好了，广播也安装好了，广播还不能响。在广播不响的日子里，大人小孩天天都在盼着，互相串门看看你家广播安在哪里，看看他家电线是怎么进家

111

的，想象着广播响了会是什么样子，人们见面说话的话题都离不开广播。

我们几个胆大的孩子，在一个星期日相约着去任念功打猪草挖野菜，其实是要沿着广播线路走一趟，相当于探源工程。

在村子的制高点高疙瘩山上远远地望去，电线杆一个接一个齐齐地伸向天地的尽头，电线虽然只有一根，但在阳光下闪闪发光，风一吹嗡嗡响。听到响声，一个小伙伴高兴地大声喊："广播响了，广播响了，我听见了。"

在公社赶过集的孩子听到过广播的声音，连忙纠正："不是，不是，这是电线响。"不管是什么响，对于一根铁丝能把人领到我们家的广播上又说又唱，实在是无法想象不可思议。

明天下午通广播！消息瞬间传遍全村，听到消息的当天到第二天下午，我觉得这是最最漫长的一天，吃饭、睡觉、念书、上山干活，做什么都提不起精神，满脑子都是广播要响了！

地里干活的人们早早收了工，牛羊都提前回村归了圈。傍晚的时候，夕阳染红了整个村庄，人们脸红扑扑的，眼睛盯着喇叭，屏声静气地等着广播响。

忽然，全村的广播一齐唱起《东方红》！整个村子跟着歌声沸腾了。

"我们家响了，你们家响了吗?"

"响了，响了!"

人们的语言似乎就剩下这两句。

从此，每当广播响起，这个陕北偏僻贫穷落后的山圪塔，仿佛与广阔的世界连接在一起，听广播成了人们生活中必不可少的内容。广播成了最权威的消息来源，说话前加一句广播里说的，就似乎无可辩驳。

慢慢地，广播滋生了好多功能。

广播是日历，每天早上广播里播音员都会告诉你今天阳历是几月几日，阴历是几月几日，星期几。

广播是计时器，早上广播响是七点，中午十二点，晚上八点。你会常常听到这样的说法：早上广播响的时候咱们走，赶中午广播响我就到了公社，晚上广播结束我到了家。

广播是消息源，公社用广播发布各种通知，几乎每天晚上广播结束都有公社广播放大站的通知，开什么会，收什么款，或者电影队今天在哪个村放映，甚至还有"某某村某某某来公社接你的离婚婆姨"这样的通知。

负责通知的刘厚军成了家喻户晓的名字，我第一次见到刘厚军，一听他说话的声音，马上说，你是刘厚军? 真是听着他的声音长大的。广播还充当电话的功能，经常听广播说，某某村某某，广播结束后你到广播上来。放大站可以和某一个村某一个广播进行双向沟通。

也有对广播不满意的地方，主要是天气预报。一方面那时候气象预报的设备技术有限，另一方面神木县地形狭长，县城在北部，我们乡在南部，以北部县城测量数据作为预报依据，南部往往不准，尤其是夏天的雷阵雨更是十有九不准。

"神木县谎报站，现在开始天气谎报"是村里人的一个噱头。

七

村子里的学校只有一到四年级，该上五年级的时候，我跟大哥到了永兴公社三堂七年制学校。

这是一个有二百多学生、二十多个老师的学校，完全小学戴帽初中，但不知为什么不叫小学初中，而是从一年级排到七年级，六年级不叫初一，这样的好处是初中毕业比现在的孩子少念两年书。

我哪里懂这些，只是觉得到了一个大学校，该起床起床该熄灯熄灯，星期一至星期六按部就班地上课。不像我原来的村小，老师说上课就上课，老师说下课就下课，老师的孩子感冒了，告诉先到校的学生今天不上了，就不上了。农忙时节十天半月的老师就回家种地了，害得爱上学的孩子天天打问老师回来了没有。还有让我耳目一新的是，这个学校会按时间搞各种活动，三八节呀，五一劳动节呀，五四青年节呀，前所未闻的名堂。

印象最深的是六一儿童节，提前一个月就开始准备了。之前我根本不知道这个世界上还有"儿童节"这一说。儿童节要搞各种文体活动，班长让同学们报名，是唱还是跳？是参加文艺表演还是体育竞赛？我连这些名称的含义都不懂，何谈参加。班长自作主张给我报了百米赛，我不知道这是要干吗，急得头上汗都冒出来了。班长说，不要急，离比赛还有两星期，明天早上早到校一个小时，让体育老师训练。

第二天早早地到了操场，参加百米赛的同学各年级有一百多人，哄哄吵吵等了半个多小时体育老师才来，训练了不到十分钟完事了，就是告诉你规则，各就位，预备，跑，哨子响了再跑，否则抢跑犯规。原来百米竞赛这么简单，不就是赛跑吗？这事在村里和小伙伴们经常干。

儿童节那天，老师把我们领到公路上，学校的操场太小，转四个圈才够一百米。老师选了一段平直的公路，用米绳量出一百米，用白石灰撒了起点终点。

五年级参加百米赛的同学有十五人，每五人一组，跑三次，每组的第一名再组成一组跑一次，比出一二三名奖励。老师让运动员先试跑一下，我看别的孩子都穿着胶鞋，而我穿的是手纳布鞋，我怕穿硬布鞋跑不过人家，又怕跑坏鞋，正式比赛时就把鞋脱掉打光脚跑。发令哨一吹，我拼命往前蹿，领先同伴四五米，跑到一半多，脚下钻心地痛。公路是石子铺的，奔跑是需要脚下用狂力的，肉怎能受得了。咬牙坚持，拼力奔跑，第一个踩上白线！踩白线的一刹那，仿佛踩在刀刃上，钻心地疼，一扑身倒在地上。原来烂脚踩在石灰上，疼痛难以想象。

同学们把我背到小河边洗脚上的石灰，清浅的小河水顿时被血水染红，双脚放在凉水里仿佛放进火盆，疼得火烧火燎。虽然小组得了第一名，但不能参加第二次复赛，算弃权，无缘奖励。

我坐在小河边灰溜溜地痛了好久，脚痛，心也痛。

听说中央电视台诗词大会非常好，已经第五届了，但我一直没有机会看。今年闹新冠肺炎，居家隔离，有的是时间，每天晚上看。看见百人团有一半人是孩子，从百人团脱颖而出的孩子岂止是熟读唐诗三百首，古今诗词脱口而来。看着看着，悲从心起，想起了自己的童年。

不过，无论是苦的、涩的，回想起来都是甜的，因为世界上没有比纯真更美的滋味。

赶集记忆

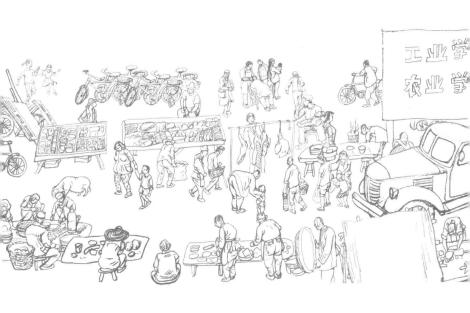

一

　　上世纪六十年代末的春天，在我的脚力可以往返走四十里山路的年龄，二哥领着我去公社所在地花石崖赶了第一次集。一同去的有十多个人，生产队长名字叫买驴，领着副队长富盛去为生产队买牛，来福去领媳妇，他的媳妇闹离婚去了公社已经半个多月，还有去卖绿豆的跟平等十多个人。

　　孩子们赶集纯粹是为了图热闹，有的从家里背一升绿豆、黑豆或者小米，换红枣或者白面糖饼吃。村子里的小伙伴好多都跟着大人赶过集，回来把赶集吹得天花乱坠，甚至说集上的人不把"山磨季"（土豆）叫山磨季，而叫山药，这像人话吗？说山药谁知道是个什么玩意儿？那些有幸见过汽车的小伙伴，居然说汽车的眼睛比我的脑袋还大，这怎么可能？眼睛比脑袋大长在哪里？小伙伴赶集归来的神吹，更勾起我对赶集的无限向往，赶一次集是我从五六岁起日思夜想的一件事。不知缠了多少次母亲和二哥，他们都说太远，走不去，走去了也走不回。

日思夜想了八百多天，到了七八岁的时候，二哥估摸我可以走去也不用他背回来，终于答应我跟着他去赶集。

从我们村高念文出发到花石崖，步走至少要三个小时，到达时已是半晌午。陕北的村镇大多在山沟里，花石崖更典型，四面是高高的黄土山，一条小河由北向南，东山起得缓，在向阳的缓坡上坐落了一百多户人家；西山起得急，建筑物都在山根，有供销社、粮站、信用社、邮电所等机关，都是有了人民公社才有的。

高念文在花石崖的西边，到花石崖前，先到了花石崖西边的郊家洼山上，从山上俯瞰花石崖，集市上人头攒动，嘈杂的人声汇聚成巨大的喧嚣飘上山顶。四面八方的路上还有人络绎不绝地往集市聚拢，一河滩人仿佛一摊蠕动的蚂蚁。花石崖的集市也是神木县南部乡镇的大集，每逢集日，方圆百里的人都往这里聚集，北到内蒙古，南去山西，买卖牲口农产品，互通有无，被称为"水旱码头"。

第一次见识这样的大阵仗，我怯了！自己就是一滴小水珠，汇入下面的人海肯定就不见了！二哥似乎看出了我的怯懦，告诉我到了集上紧跟着他，不要乱跑，如果走散了，就往供销社门口走，蹲在那里不动，他会来寻我。

我们去的第一站就是供销社，既是为了完成这次赶集的任务，也是为我踩万一走散的联络点。供销社里面人挤得水泄不通，门口进出的人川流不息，哪有我待的地方，二哥只好领我到供销社对面一个土梁上，他钻进人流拥入供销社。

晚春时节，天气温暖，天空湛蓝，明晃晃的阳光下，人们一个个脸上热气腾腾，本该换下棉衣了，可是很多人还是穿着棉袄，热得不行，就敞开怀。更多的人，和我一样穿夹袄，就是把棉袄里的棉花挖掉了。来来往往的人一个个精瘦精瘦，衣服颜色是一色的黑，人们的脸色也是黢黑，于是，在我的记忆里一片黑就成了集市的底色。几乎没有一张嘴闲着，忙叫卖，忙砍价，忙互相打招呼，有的三五成群地攒在一起头对着头说话，离我最近的地方有几个人劝说一个小媳妇模样的女人，我想起了来福，不知道他能不能把媳妇领回去，也不知道有没有人替他劝媳妇？利用赶集的机会劝说要离婚的女人回家，给未婚男女保媒拉纤，也是赶集一项重要的活动。

集市分为上下集摊，沿河滩靠石佛寺一带是牲口交易市场，买驴和富盛直接就去了这个地方。供销社门前到下集摊公路两边的坡是杂货交易的地方。卖的东西有红枣、绿豆、小米、铁锹和镢头等农具，当然有我们土话叫"山磨季"，学名马铃薯，大家都知道的土豆，叫卖声还是："山磨季，山磨季，给钱就卖！"

从上集摊到下集摊是花石崖到万镇的公路，公路到了河槽沿着东南山崖下的阴湾差不多要爬一公里的坡，山崖下有一个大大的石檐，这里又干净又凉快，自下而上坐满了人，远远望去酷似一群麻雀聚了一坡。

时不时有浓烈的肉香飘来，有人临时支起铁锅炖肉卖，母亲临走时就告诫过，集上卖的炖肉都是病死的猪羊，不能吃。母亲说，这个季节哪有猪羊可杀。可是，集市上炖的肉太香了，我忍不住狠狠咽了一口口水。脑子里反复想：要得到猪羊肉，猪羊不就得死吗？是杀死还是病死有什么区别？

正被肉香折磨的时候，集市上的人纷纷拥向两边，有人大喊：汽车来了！是汽车！我奋不顾身地钻进了人墙，看见了人围成的甬道的尽头，一辆后来知道叫解放牌的汽车缓缓驶来。首先看见了明晃晃的大灯，一边一只瞪着我，啊啊！真的是比我的脑袋大。汽车到了我的身边，庞大的身躯，巨大的声音，浓烈的味道！一种我从来没有闻过的味道，沁彻心肺！汽车过去了，它的味道久久弥漫，我敢肯定这是世界上最香最香，最让人难以忘记的味道！刚刚的肉香完全被汽车香压制了、驱赶了，我一生都觉得汽油味很香！

二哥从供销社出来，领着我去旁边的食堂吃饭。母亲走时给二哥两块钱，一码白线五毛钱，二斤黑糖一块二，还剩三毛钱可以买两碗粉汤。为了买这两碗粉汤，二哥拼命挤了两个小时，哥儿俩站在墙角没用了三分钟就喝完了。

二哥问我："香不香?"

我说："没有汽车香。"

二哥说："灰脑，不是汽车，是汽油，汽油不能吃。"

傍晚的时候，我们在回我们村的路口等人会齐。来福回来了，整个人灰头土脸，媳妇死活不回，誓死要离。

二哥问他："不回咋办?"

来福说："不回? 活是高家人，死是高家鬼!"表情狠狠的，仿佛要把不回的媳妇生吞活吃。

二哥说："彩礼能双倍退，快算了，有钱还怕没老婆?"

正说着话，买驴和富盛也回来了，后边没有牛跟着。

"他大大的，好的买不起，赖的不能买，天生没买卖。"买驴丧气地说。

二哥说："爷爷，今天要是买驴是不是能买到?"论辈分买驴是我们的爷爷。

买驴爷爷知道二哥是有意和他起哄，就笑着说："给你驴儿的买个草驴（母驴）驹子当老婆还行。"

来的人只有跟平买卖做得痛快，绿豆在集市上摆了半天没人买，干脆去公社的粮站卖了公购粮，一斤绿豆换一斤粮票外加八分钱，累死累活背去五十斤绿豆换了四元钱。跟平说："粮票有个尿用！"

一伙人边走边拉爬上了郜家洼的山顶，正是夕阳西下，俯瞰集市，昏黄的阳光照耀着黑色的人海，赶集的人开始流向四面八方，声音依然在轰鸣。

我望见对面半山腰上有一排一排顺山而上的窑洞，齐整整，白森森。我问二哥："那是什么地方？"

二哥说："公社。"

后来我知道二哥说错了，那里是花石崖中学。当我左数右数这一排排窑洞，被这个地方震慑的时候，怎么能想到十几年后，我爱上了在这里教书的一位女教师，她成了我的媳妇，至今还是。

二

第二次赶集是大约两年后的深秋，跟着二哥去卖猪。秋冬时节，供销社收购生猪，缺钱花的农民就把自己喂了一年的猪卖给供销社，想要卖到别处，也没地方。

路远，预想猪走得慢，凌晨鸡叫头遍，一家人就起床了，卖猪是农家的大事。

头一天就约好下村的老娘一起去卖，老娘在村里论辈分要比我们大三辈，我爸爸都要叫她奶奶，我和二哥得叫她老奶奶，老奶奶在我们村就叫老娘，老娘也就四十几岁。老娘一家算得上是村里的养猪专业户，养公猪、母猪，还养肉猪。卖猪有经验，年年卖。

家养的猪没有离开过圈，死活赶不出来，还是母亲想出办法，一边敲空猪食搪瓷盆，一边叫，猪以为母亲要喂食，就出了圈。在猪脖子上拴了一根麻绳，我在前面牵，二哥在后边用柳条赶。出了我家大门，猪发现母亲不在，就屁股蹲在地上耍赖不走，稍微施加点武力，就没命地叫唤。和人家约好早晨广播响出门，这时候《东方红》已经唱起来了，猪赖在地上不走，弟兄俩一筹莫展。

母亲只好故伎重演，在前面敲着盆，嘴里"啰啰"叫着，猪、二哥和我跟着，在东方红的伴奏声中浩浩荡荡出了村。

老娘已经等在村口，背上背着一个沉甸甸的褡裢，一头体格雄壮的猪站在身边，乍一看像一头野猪。母亲把空盆给了她，让二哥把她肩上的褡裢接过来，千安万顿要人家照顾自己的两个儿子，关键是猪卖个好价钱。老娘开始在前面敲盆开路，两头猪，一大一小，两个小伙子，也是一大一小，跟在后面。我家的猪不知道换了人，加上又有了一头猪做伴，傻呵呵地出发了。

走出一段路，我回头望见母亲还站在村口，抬起肘用衣袖擦眼泪。自家的猪，从一只鞋大的猪仔开始喂，整整一年，猪也就成了母亲的家庭成员。卖猪，一方面是秋天下来要给人家付粮钱，另一方面也是自家养的猪不忍杀，不忍吃。当时，就是觉得母亲舍不得卖自家的猪难过，现在想想，母亲的眼泪里一定有莫名的担忧。二哥当时也就十六七岁，我还不到十岁，打发这样两个孩子去完成这样艰巨的任务，母亲岂能放心？

老娘的猪和我们家的猪走在一起，分外大了一圈，人家的猪腰长腿长，走起来很潇洒。我们家的猪腰粗腿短，走起来时不时肚皮挨在地上。

老娘说："他大大的，这什么时间才能到了地头？"

我问她："老娘，你们家的猪咋喂这么大？"

老娘神秘兮兮地告诉我，她们家的猪不是肉猪，是去年把不下崽的母猪劁了，按肉猪喂了一年。这样的猪称为"柴婆"猪，肉不好吃，只能卖给公家。说完她告诫我千万别说漏了嘴，母猪人家公家也不收。老娘卖猪就是有经验，走了几里地，她从二哥背着的褡裢里取出米糠黑豆面和在一起的猪食放在盆里，又从军用水壶倒出水和了半盆食开始喂猪。

她说："你不喂光敲盆，猪能跟你走？再说，走上半天，不吃不喝，至少减十斤分量，那减的不是猪肚子里的猪粪，那是钱！"

盆倒是有两个，我们家是敲响声的，再说也没有预备食。看人家的猪吃得热闹，我们家的猪也把长嘴伸进盆里，人家的猪一嘴就把它拱开了。老娘嘴里骂骂咧咧，却不拦着自家的猪。直到快见盆底了，才把她家的猪拉开。

我问二哥要不要我回去寻猪食？没等二哥开口，老娘说："不要，你们家的猪吃多了走不动，快到花石崖两个猪把拿的猪食分着吃，也不吃斤秤的亏。"

果然，因为得到了实惠，猪更懂盆对于它们的意义，老娘边敲盆边走，她走得快，猪也快，她走得慢，猪也慢。

走到晌午时分，太阳红彤彤地照在当头，我头上先是冒汗，后来就开始冒水，走三步就得用衣袖擦一次。我家的猪也开始喘气，走不动了。好不容易到了马家沟，老娘让我们哥儿俩把两只猪赶到小河中间，用搪瓷盆给猪淋水，猪舒服得哼哼唧唧地叫唤。又加了食，重新上路，总算能走了。

到了郊家洼，翻山就是花石崖，老娘把剩余的猪食拿出来，不为猪饿，单为保斤秤。我们家的猪又热又累，只吃了两口就不吃了，只顾卧在地上喘粗气。老娘的猪腾腾地吃个净光，还把我们家猪不吃的一扫而光，完了把搪瓷盆一嘴拱翻，盆响得丁零当啷。

日头偏西的时候，才到了供销社收购猪的后院。一块纸箱板上用毛笔歪歪扭扭写着：生猪 一等每公斤六角，二等每公斤四角五分，三等每公斤三角八分。一个叫"李干部"的人既评等级又负责过磅秤，也不知道他的真实名字叫什么，只听卖猪的农民一口一个"李干部"。另外一个人把收下的猪用红绿白三种漆打印，一等红色，二等绿色，三等白色。老娘不让我们急着排队上磅秤，让把猪赶在墙角由我照看，拉着二哥围在秤边看"李干部"怎么评级，怎么过秤。两个人马上就看明白，评级很重要，同样一头百公斤的猪，一个等级和另一个等级至少能差十元钱，一等和三等差二十多元。

老娘拉二哥走出供销社门外，让二哥去供销社的百货门市买四盒大前门香烟，大前门是那个时代最高档的香烟，一盒一角八分，七角二分说好两家平摊。二哥把买来的香烟交给老娘，老娘连忙装进怀里，又踅摸到"李干部"身边。

"李干部"个头不高，不到一米六，四四方方的小脑袋上五官秀气，小嘴厚唇，说话声音尖细，牙齿特别的白。老娘瞅着机会就往他口袋里塞一盒烟，塞一次他尖细的嗓子喊一声："让开！"喊了四次"让开"，上下四个口袋各进去一盒大前门。塞完香烟，老娘使眼色让二哥把猪赶到磅秤边。先磅老娘的猪，一百零一公斤，一等。老娘喜笑颜开。再磅我们家的，四十八公斤，三等，弟兄俩傻了眼。我心想，凭什么呀，老母猪一等，真正当年养肉猪三等！打印的人正要把白印打在我们家猪身上，二哥挡住，说："三等？不卖了！"

"李干部"尖着嗓子说："卖不卖？不卖快快赶开，不要占着茅坑不拉屎！"

兄弟俩把猪赶到供销社外面的墙角，算了算，我们家的猪一等和三等要差十一块钱，十一块在那时候是大钱呀！可是，不卖，想一想从村里往来赶猪的艰难，现在再往回赶，要是老娘不帮忙，我们哥儿俩三天还不知能不能赶回去。就算是三天赶回去，估计猪也得瘦二三十斤。怎么办？弟兄俩脸憋得通红，像着了火，心却像跌进冰窖拔凉拔凉，一点招都没有。

想到母亲一年四季喂这头猪的辛苦，现在落了这么个下场，我不禁流下了眼泪。

老娘领了钱出来，告诉我们说，她问"李干部"了，生猪毛重不上五十公斤不给评一等。

二哥愤愤不平地说："我们的猪累得不吃不喝，你们家的猪少说也把十斤吃进去了！"

老娘说："看你这孩子，好像我不给你评一等。是这，评二等卖不卖？卖的话，我舍出老脸再去求求人家。"

二哥蹲在地上，把头深深埋在两个膝盖中间不吭声。

对面阳湾还有太阳，供销社这边已经阴了下来，时间不等人，供销社要下班了，要是下班了，你想三等卖也没人理你。

"罢罢，老娘替你驴的做主吧！"老娘且说且走，进了供销社后院。足足等了一个多小时，供销社都下班了，老娘风风火火跑出来叫我们快把猪赶进去。

老娘说："好话说得我嘴唇都要起泡了，人家给了天大的面子，三等涨到二等，还不用再上磅秤，这半下午，猪至少也得饿掉两三斤。"

二哥手里攥着二十一块六角，从供销社大门出来，比原来多了三块三角六分，去掉送礼三角六分，多了三块。弟兄俩从凌晨折腾到现在水米没打牙。到第一次赶集的食堂，这次因为集快散了，食堂人不多。弟兄俩一人喝了一碗粉汤，食堂出来二哥看见有卖花生的，问我："吃过花生没?"

我说："没。"

"想不想吃?"

"不想。"

我心说，猪少卖了钱，还不知道你怎么回去给母亲交代，吃什么花生。

母亲临走有安顿，可以把卖猪的零头当盘缠，可是六角已经用光，哪有钱买花生? 二哥说不用担心，买一斤花生不用动整钱。一斤花生一角五分，二哥搜遍全身只有一角二分。

卖花生的说："行，一文钱一文货，斤秤不亏人。"

我说："二哥，能买八两。"

卖花生的看我人不大，账算得挺快，大声说："嗨呀，大了做买卖的好料!"

八两花生不到五十粒，二哥分给我十粒。剩下还要给弟弟、母亲，二哥自己只吃了一粒。

当我剥掉花生壳，把白白胖胖的花生仁放进嘴里嚼碎，一种从未体验过的清香简直令我陶醉。有瓜子的香，但瓜子没有花生的甜，有水果糖的甜，但水果糖没有花生香。吃第二颗我就舍不得嚼碎了吃，而是放在口里含。二十华里走了两个多小时，含掉九粒花生仁。

猪没有卖上理想的价钱，全家人都沉浸在失落的气氛中，母亲把二十一块钱数来数去，数一回叹一次气，今年的粮钱只够一半。

幸亏有花生，失落的气氛中依然有一丝清香。

三

第三次赶花石崖集，是八十年代初的一个夏天，我已经在县教育局教研室工作，到那个"齐铮铮，白森森"的花石崖中学讲课。正好赶上逢"十一"的集，尽管有十年没有赶集了，但是我的灵魂里住着一个爱赶集的小孩，岂能不去？

学校坐落在花石崖的东山洼上，走到广播放大站就可以俯瞰整个集市。看见集市上熙熙攘攘的乡亲们，我忽然觉得特别人间，特别亲切！

中国人赶集从汉初就开始了，据说是陆贾为了方便互通有无，又有利于公平交易，发明了固定时间、固定地点交易的集市。老家花石崖的集市，至少从明代就有了记载，初一、十一、二十一，六百年间，每月的这三个日子雷打不动。

买与卖是集市的主题，渐渐地，集市不仅仅是买卖，既是商品交流中心，也是信息交流中心、情感交流中心。眼前这一众乡亲有许多人是利用集市在约会，见见亲戚朋友，拉拉话，解解心忧，讨讨主意，听听看看外面的世界，开开眼界。

我对赶集的记忆，其实是对故乡的怀念。

沿河靠佛寺的下集摊，依然是牲口交易的地方，聚集的牲口比过去多了，显见的有不少骡马。

比起十年前，集市上的人少了许多，但气氛似乎更加热烈，人们的衣着不再是一抹黑，特别是年轻的姑娘们身上有了亮色。人们的脸上有了红润，个个喜笑颜开，叫卖的声音底气十足。

阴湾石崖下一个人也没有，包产到户了，农民顾不上来这里乘凉。

供销社门前人也不如过去多，但卖东西的摊点比过去多，增加了很多本地不产的东西，像橘子、香蕉、大米，还有卖香港电子表的摊。照相、收古董这些摊也是以前没见过的，特别是多了好几个衣服摊子，衣服挂得花花绿绿。

过去演戏的戏台前摆着公社卫生院宣传计划生育的摊点，一张大大的蓝伞下围坐着几个穿白大褂的大夫，伞柄上挂的几个避孕套吹起的气球在头上飘来飘去。

供销社的门市货物琳琅满目，日用百货应有尽有。来到供销社的后院，阒无一人，我仿佛又回到十年前卖猪的现场，"李干部"神气活现，猪臊臭扑鼻，弟兄俩蹲在墙角绝望的一幕如在眼前。

食堂里基本没人，但味道依然如故。

食堂出来，巧遇外爷。请他进食堂吃饭，死活不肯，说一点儿也不饿。我进供销社的门市给他老人家买了两瓶太白酒，他蹲在门市的墙角就开始干喝。

"好酒，我外孙给我买的！"见一个熟人说一遍，招呼人家喝一口。

在供销社门市前面，又看见了卖花生的，连价钱都没问就买了二斤，装满了四个衣兜。返回学校，刚进院就看见花石崖中学唯一的女教师。

"给你吃花生。"原本是客气、谦让。

这个女教师却不客气，笑眯眯的，双手掬起伸在我面前。我从兜里掏花生，掏完一个兜，又掏另一个兜，她的双手已经冒尖了，还在那里等着。这个淘气的馋嘴的样样，深深打动了我。一来二去，爱吃花生的女教师成了我的老婆。

深究起来，我的老婆也是赶集赶来的。

2020年2月5日于盛乐

我们村的女人们

说到黄土高原，人们自然会想起水土流失形成的千沟万壑，人们也许不知道，不一定哪一条沟里，哪一个壑中就隐藏着一个村庄，生活着上百号人。

　　我们村叫高念文，就坐落在陕北黄土高原的一条山沟里。

　　五百年前，一个名叫高念文的人来到这条沟，守着一股山泉，搭起茅草棚，掏出兜里的粮食种子埋在黄土里。五百年后当我出生的时候，这条沟从沟底到坡顶撒了一百五十多户五百多口人，五百多人全都姓高。

　　有人会觉得命运这个词包含着无限的不可知、不确定性，而我对命运的认知特别明确，那就是老天爷让你生在哪里。降生在我们村，你的命就和苦搭上了，无一家例外，无一人例外，而挣扎在这个苦难深渊里的女人更惨。

忘不掉的巧花

"巧花上吊了！"

这个恐怖的消息像冬天里的寒风瞬间吹遍了全村，大人们奔向叫脑背洼的地方，我跌跌撞撞跟着跑。一面大大的坡地上孤零零地长着一棵枣树，枣树上挂着一个人，远远地望去，像挂着一件破衣服，在寒风中飘来飘去。孩子们不敢到树下去，只在远处望，我看见巧花的双脚长长地伸在裤腿外面，脚腕到小腿裸露着，白得刺眼。

就在秋天，巧花姐叫着我的小名说："小林，给你吃个好东西。"说着，从衣兜里掏出三个红枣，红枣一半红一半绿，珠圆玉润地放在她染着绿草汁的手心里。给我红枣时，她的背上还背着玉米秆，腰都直不起来，绿色的玉米秆下露着红红的笑脸，脸被汗水污得脏脏的，但牙齿却分外的白。

那三个枣一定是从眼前挂着她的这棵枣树上摘下来的。

有一天晚上，巧花的大（爸爸）关起家门打巧花。边打边骂："你个不要脸的，有什么脸面活在世上？你为什么不去死，你不死，你大怎么活人！"

巧花一声一声地哭叫，凄凄惨惨。

135

我求母亲去救救巧花姐，母亲只是坐在炕沿上叹气，却不动身。全村人像商量好了似的，都在自家里听那一声一声的哭喊，从黄昏喊到上灯，直到哭喊的人没力气喊了。

　　人们隐隐晦晦地议论，说是巧花肚子里有了孩子，怎么有的，和谁有的说不清，也不说。直到今天，巧花怀孕都是一个谜。

　　过了半个月，太阳落山的时候，伤好了，从死亡线上挣扎出来的巧花来到脑背洼自己家的自留地，把自己挂在了孤零零的枣树上。

　　巧花的大听到消息，跑到地边，望见枣树上挂着的女儿，双腿一软瘫在地上，直着声叫喊："啊，啊，啊——"声音仿佛不是从这个人的嘴里发出的，喑哑、尖细。

　　听巧花的大哭喊，我的心里掠过一阵快意。

　　围绕巧花是火化还是土葬，差点儿引发一场村人与巧花家族的恶仗。村人心里认为巧花肚子里有孩子，不干净，必须烧，嘴上是说上吊死的年轻人应该火化，否则村宅不安。巧花家的这个家族不同意，心里想如果烧了传言就坐实了，再说阴亲彩礼就要不上价，嘴上说乡俗没有意外死亡必须烧。人们心里想的和嘴上说的不一样，达成一致就格外费劲，经过十多天的协商，最终村里人多势众，巧花大这一族人胳膊拧不过大腿，只好妥协，答应先烧，然后再办阴亲。人烧了，彩礼就不及原来的十分之一。

火化巧花就在离枣树不远的地方，站在我们家的碥畔上，看见脑背洼升起一股浓浓的黑烟。浓烟里，我仿佛看见背着玉米秆的巧花，腰弯得深深的，努力抬起头，露出白白的牙齿对我说："小林，给你吃个好东西。"

冬天里的枣树枝条像鞭子，冷冷地抽向天空，我的眼前幻化出像破衣服挂在枣树上的巧花姐，白白的小腿软软地耷拉着。

烧过巧花姐的地上留下一个黑摊，一块一块黑土疙瘩零乱地散落着。

整整一个冬天，都在为巧花姐难过。

每年枣红的时候，我都会想起放在染上绿草汁的手心里的那三个枣，珠圆玉润，一半红一半绿。

五十年后，我成了一所大学的老师。

一个落日熔金的傍晚，我的研究生走进我的办公室，晕红的脸颊被窗外射进的夕阳涂了一层金黄。

她说："老师，我要请一个星期假。"

我问："你请假干什么去？"

"老师，我怀孕了，要去做人流。"

"哦，一定要去正规医院。谁陪你去？"

"男朋友。"

"最好能让你爸爸或者妈妈来，要保证安全。"

"好的，老师。"

看着女学生出门的背影，我忽然想起了我的巧花姐。心里默默对女学生说：孩子，你生在了好时候。

上不成学的桂枝

我们村的小学只有一至四年级，一三、二四两个复式班，我上学的六十年代末有四十多个学生，大大小小上学的女孩也就五六个，都集中在一至三年级，四年级没有一个。记得上一年级的时候有三个女同学，尽管离开的原因各有不同，总之是到四年级一个也没有了。

桂枝十三岁才开始上一年级，年龄比我大六七岁。她的哥哥比她大两岁，读四年级，听说四年级都念了三年了。桂枝每次来学校手里拖着一个三岁的弟弟，背上背着一个两岁的妹妹。不是弟弟要撒尿，就是妹妹哭了，安静地坐在课桌前学习不会超过十分钟。大多数时间听课是在窗外，做作业在教室外的石桌上。神奇的是，这个捎带念书的女孩子，作业不耽误，考试分不低，有时还要偷偷替比她高三级的哥哥做作业，否则就挨哥哥的打。这个哥哥从不帮妹妹照看一下弟弟和妹妹，有时还嫌带弟弟妹妹来学校上学，丢了他的人，动辄打骂妹妹。既不耽误做家务，还不耽误带孩子的桂枝上了两年学，家里不让上了，说女孩子认得两个字，走不错男女厕所就行了。

138

被迫辍学的桂枝只要在路头等上我总会问："小林，你们上到第几课了？"

一年级的时候桂枝有一个女同学叫粉花，粉花的爸妈六个儿子一个女儿，粉花年龄最小。父母挺稀罕这个女儿，也愿意让她念书识字。三年级的时候，家里就给她说下了婆家，给打光棍的二哥换亲，人家的大姐来给她二哥当老婆，她给将要成为二嫂的弟弟当老婆，确定身份的这一年粉花才十一岁。

我们老家的乡俗，未婚的女婿逢年过节要到丈人丈母家拜节。那年七月十五，粉花的"小未婚夫"跟着他大来拜节，不知怎么就让学校里的坏小子们知道了。

这个问："粉花，捏（你）老汉来看你来兰？"

那个问："粉花，捏老公公带给捏什么好吃的？"

还有的问："粉花，看见捏的侯女婿（小丈夫）亲不亲？"

开始粉花脸憋得通红不说话，憋着憋着，哇一声大哭起来，把自己的烂书破本草草收拾，边哭边跑，离开了学校，从此再没有踏过校门的边。

桂珍家姊妹五个，比她大的有两个哥哥，比她小的有两个弟弟。穷人的孩子早当家，穷人的女孩是早担家。桂珍六岁的时候，她妈妈坐月子，伺候月子就靠年仅六岁的桂珍。洗屎毡、换尿布、熬米汤都是她的任务。桂珍的二弟弟三岁的时候，桂珍已经十二岁了，哭着闹着要上学，家里答应她

139

上学的条件是常年负责养一个猪、一个羊、带弟弟，念书不能耽误养猪羊，放学就看弟弟。桂珍一口应承，只要能让她去学校，给猪羊当女儿也行。

她妈妈还好，她的大经常骂骂咧咧来学校叫她，不是弟弟没人看，就是自留地的园子旱得没人浇，要不就是猪羊你老子快饿死了。一听见桂珍的大在教室外叫唤，老师赶紧地让桂珍出去，免得影响其他学生。

我在心里一直担心，终有一天桂珍的大会不让桂珍再来学校。

这一天终于来了，我们正在上课，忽然听见桂珍的大火烧火燎直着声叫桂珍的名字，桂珍像一只受惊的猫，在课桌缝里急伶急俐地出溜了出去。

只听她大在教室外大骂："×你妈妈的，老子忙得脚后跟捣后脑勺，你倒在书房里自在，不要念你老子的皮兰，念顶个屎？"

从此，桂珍的座位就一直空了，以前也经常空，但隔三差五地还有不空的时候，这次是再也没有不空过。

前些年村里编撰高念文村志，我看见有许多八〇后的女孩子，学历是大学、研究生、博士生。说实话，这本村志里最令我喜欢的是这些女孩子穿着学位服的照片。

离不了婚的翠萍

翠萍是怎样到了我们村的，我不知道。

我家邻居越秀订婚的过程我参与了，彩礼单是我在作业本上撕了一张纸记的，双方还压了手印。人民币一百二十元（三年给清），粮食一石（当年给清），猪肉、羊肉各二十斤（到结婚前每年过年各二斤），布票三丈、粮票一百斤（三年给清）。

在我们村婚姻自由的含义是：自己的婚姻，由父母做主。女孩子大多在十一二岁就有了"对象"，不在于两个当事人是否情投意合，主要是大人商量，过程与买卖东西完全相同，叫买卖婚姻是既形象又贴切。

初冬的下午，媒人老苏领着一个比越秀大两岁的男孩宝柱和宝柱的父亲上门，那年越秀只有十岁。按照程序，先让两个小孩相看，十岁的越秀害羞，头低得深深的哪敢看。男孩子挺胆大，盯着越秀端详。

后来，我和越秀的对象宝柱熟悉了，问他："你看婆姨时为什么那么胆大，盯着越秀看？"

他说："我总得知道她嘴秋（嘴歪）不眼斜不？缺胳膊短腿（少腿）不？"听他一说，很有道理，那越秀呢，就不怕嘴秋眼斜缺胳膊短腿？

越秀的大说："不用她看，我早看好了，再说捉猪儿子看母猪，宝柱的父母从侯（小）我们就认得。"

也有道理，越秀的大用的是反证法，我上了高中才学到这个方法。再说，越秀大的经验有强大的遗传理论支撑。

媒人先问男孩："看上不?"男孩点点头。

媒人又问越秀："你看上不?"越秀看都没看，脸羞得通红，既不点头也不摇头。越秀的大说："你不说话，大就给你做主，日后不许反悔，反悔了老子没钱退彩礼。"

那时候，如果未结婚退婚，要退彩礼的三到五倍，相当于违约罚款。小孩子不懂事，到结婚年龄明白了好赖，男女都有后悔的，但是几年前拿走人家的彩礼早已花光，现在翻倍退还，哪里去找，只能舍人。

两个孩子相看上了，接下来是谈彩礼。

男方请的媒人老苏盘着双腿坐在炕上，手里拿着个水烟锅，说两句话，呼噜噜地吸一口烟，把他说过的媒从黄昏讲到上灯。

烟呛，加上说的内容我也不感兴趣，听着听着，我就开始打盹。

越秀的大看我的头时不时磕向胸脯，知道我是困得支撑不住了，就说："小林孩儿瞌睡得不行了，咱说正经的吧!"

媒人绕大圈，这个有讲究，叫"熬脾性"，看买卖双方谁的耐心更大，谁没耐心，谁吃亏。

"咳咳，咳咳。"老苏咳嗽了两声，又说："不急，不急，哎，老古人有话，话说开，水流开。"

水烟锅呼噜噜呼噜噜响了几声，老苏又开始夸越秀的大在四邻山头为人有多好，做事有多爽快，夸着，夸着，不知什么时候，老苏开始挑越秀的毛病："哦，这个孩儿，有点瘦，有点黑，个个也不高。"这个才是关键，杀价全凭找不足，所谓"谈驳（找毛病）是买主"。

最终形成的彩礼，基本上按照老苏的意见，越秀的爹也争，哪里是老苏的对手。这个过程宝柱的大只说一句话："哎，不成亲是两家人，成了亲是一家人。"

老苏像会议主持人："哦，时间也不早了，小林按我说的记。"

老苏说一句，我盯着越秀大看，他一点头，我就记下。最后越秀的大和宝柱的大在彩礼单上按了手印，红红的指纹一圈一圈像漩涡。那时候我刚上四年级，记的那个彩礼单写的是"财礼单"，没文化，也倒实在。

半个世纪过去了，如在眼前。

越秀命好，宝柱不打越秀，一口气生了五个孩子，两儿三女。

翠萍估计也是按照这个程序嫁到我们村的，十多岁订了婚，到二十岁结婚时，翠萍已经知道对象是个二百五半脑子，眼斜脸歪，邋里邋遢，没本事还不省事，赌博、打架、串门子一样不少。翠萍是一百个不愿意，可是她的大退不起彩礼，硬着头皮嫁了过来。

翠萍长得像巩俐，高高大大，圆圆乎乎，说话干脆，干活利索。和她的老公站在一起，感觉就像白杨树下长的一棵狗尾巴草，咋看咋不像。结婚不到一个月，就开始"闹离婚"。

离婚婆姨在我的老家是一个贬义词，和不安分、不守妇道、不正派同义。谁要是要求离婚，就叫"闹离婚"。

我们村的历史上就没有闹离婚成功的，翠萍凭什么可以破例？可是翠萍要离婚的决心在我们村的历史上也是头一份。农忙回家下地劳动，攒够口粮，农闲背上口粮就去公社"闹离婚"，一住两三个月，中间还不误生了两个儿子、一个女儿。

桂珍是我们村嫁出去的姑娘，一段时间也闹离婚，背着一个女孩回到娘家。住了十多天，那两个她念书时背着拖着的弟弟发话，说好娘家不给女出头，再说人的命天注定，找什么人家是你自己的命，谁也怪不着，促发姐姐回去。实际上是嫌姐姐带个孩子在自己家吃住，不愿受牵累。桂枝没有翠萍决心大，终究没有离婚。

翠萍从七十年代开始闹离婚，直到八十年代末仍在离，在人们认为翠萍离婚就是一种生存常态时，翠萍离家出走，一走三十年，杳无音信。

她的哥哥看中央电视台《等着我》，想起了妹妹，开始寻找。互联网大数据就是厉害，生生把翠萍从草原深处挖了出来。翠萍在内蒙古牧区与一个不会说汉语的牧民老光棍过日子，白天放牧晚上住蒙古包，周围三十里无人烟。令人惊讶的是翠萍说一口蒙古语，基本不会用汉话和人交流了。

回到家，爹娘已死，兄弟冷漠，老汉不理，三个儿女连妈都不叫。年近七十的翠萍不辞而别，又回大草原了。

在我们村，改变命运的第一步就是走出我们村，翠萍走得最远最彻底。

鬼门关走了一回的花娥

人养人怕死人，在我们村，生孩子是一件十分让人恐怖的事情。

在我六七岁的时候，我们家的邻居毛人的老婆花娥生孩子。那是一个秋雨霏霏的上午，我和六子原打算上山挖野菜，因为下雨了，就躲在毛人家的大门洞弹杏核玩。忽然毛人的大女儿金兰慌慌张张跑出来，不一会儿，叫来会接生的二奶奶。

二奶奶神秘兮兮地对我俩说："到再处（别的地方）耍，金兰妈要养孩儿了！"

早就见金兰的妈妈挺着大肚子出出进进，这是金兰妈的第二个孩子要出生了。

金兰的大毛人也从地里气喘吁吁地跑回来了，头上的汗水搅和着雨水，冒着白气。

按照我们村的乡俗，女人生孩子，男人不能在跟前，毛人隔着窗子喊了一声："金兰妈，我回来了！"

金兰大把金兰脏兮兮的红领巾拴在了门楣上，那天刮得是东南风，红领巾的两个尖角在秋风中向西一偏一偏，人的心也跟着一抽一抽。本来是挂红布条的，一来避邪，二来昭告这家人有女人坐月子，外人不能进去。估计是没有现成的红布，就用金兰的红领巾代替。

晌午的时候雨停了，只听见金兰家传出金兰妈妈一声声的惨叫。我妈妈自言自语：这都二胎了，怎么还这么费事？

实在耐不住了，妈妈也去了金兰家。我跟着她到大门口，见毛人叔蹲在地上抽旱烟，大门洞烟雾弥漫，头上的白气变成了烟，蓬乱的头发仿佛着了火，豆大的汗水明晃晃的。

我妈妈进去大约一刻钟，面色红通通地跑出来，见我妈妈出来，蹲在地上的毛人叔噌地站起来，连嫂子也顾不上叫，一连声问："咋地谷？咋地谷？"

我妈妈说："先出来的是孩儿的脚！"

毛人叔一听大惊失色："那咋办呀？那咋办呀？"

"保大人还是保孩子？"

"大人，大人！"

这个经常把老婆打得鬼哭狼嚎的男人，几乎没有一点点犹豫就做了选择，也许这第二个孩子就是一个男孩，夫妻俩也一直在盼着生一个男孩。

长大后，我看影视剧有不少这样的情景，面对这个两难选择，没有一个人像我的毛人叔如此决绝。

金兰妈活下来了，她的孩子没保住。我至今不知道怎么弃了孩子就能保住大人，也不知道为什么保了孩子大人就得死，生与死的选择竟是如此水火不容。

经常和我一起做伴的六子，名字叫六子，其实已经是家里的老九，他的上面有三个姐姐、五个哥哥，男孩中他排行老六。前面的哥哥姐姐大人还给起名字，到了后来干脆就三儿、老四、老五、六子这么叫下来，又好记，又地位分明。六子的妈妈从十八岁开始生孩子，到我认识她的时候也就四十多岁，已经有九个孩子，基本上是一年怀孕，一年哺乳，二十年循环不止，从一个姑娘到半个老太太。开始还有坐月子一说，生到后来，就是前面的大姐、二姐帮着熬一口米汤，倒尿盆。到生六子时，就是比他大九岁的三姐"伺候"的月子，真是亏待了"伺候"这个词。

我的母亲生了六个孩子，听她讲生孩子的故事，真是令人不可思议。

1962年农历四月六日，是母亲生我的日子，凌晨起来干活，一直到晌午，觉得肚子痛，叫来隔壁的二奶奶，打发

147

二哥、二姐去磨一点黄土。我们村里的女人生孩子怕污染被褥，都是在炕板上放一层细黄土，落土为生。

二哥和二姐一个七岁、一个七岁，两个人磨黄土觉得好玩，一去不回，我都要生下来了，他们俩还在磨黄土玩。二奶奶着急了，用一件破棉袄搂住我。事后，母亲为这件糟蹋了的破棉袄惋惜了好长时间，直到给我讲这个故事还在埋怨二哥二姐。

我们村的女人坐月子，说是休养一个月，没有超过十天，就得自己下炕熬米汤、洗尿布。

我们村里还有那些叫"路君""地生"的人，大多是母亲走在路上或者在地里干活时生的。有一个叫"雨花"的女孩生在大雨地里，母亲用衣襟搂着孩子回到家，洗孩子的泥水倒了好几盆。

我觉得女人的生育条件和男人对生育的态度，最能代表一个时代的文明水平。

常挨打的桃花

狗子的婆姨叫桃花，桃花虽然不识字，但心灵手巧，鞋样子、衣服样子，只要让她看上一眼，就能做出来。过年剪窗花，你能比划什么，她就能给你剪出什么。

记得是公社给每一个大队发日本制造的尿素，尿素的袋子不知是涤纶还是尼龙布，其他人都没有在意，用过的尿素袋就当一个装东西的布袋用。桃花把袋子拆开，在供销社买回黛兰一染，做了一条裤子，一个半衫，穿起来腰是腰，翘是翘，硷畔上一站，加上齐耳短发，清风一吹，活脱脱一个雕塑"刘胡兰"！大人小孩、男女老少都说好看。

这身亘古未有的衣服，桃花十分喜爱，一有空就穿着站在硷畔上，微风一吹，飘飘似仙，自我感觉美得不行。

一天，狗子娘对狗子说："捏（你）婆姨也太艳炸（张扬）兰！"

村里人说桃花的闲话，狗子之前也听到一些，娘再这么一说，觉得脸上挂不住，回家不由分说就把桃花的"进口"衣服塞进正在烧火做饭的灶坑，化纤见火眨眼化灰。

桃花见衣服化成青烟，仿佛亲人升了天，杀猪似的哭骂，狗子干脆就把桃花压倒在灶台圪塄打了一顿。

有一天夜里，狐狸把狗子家下蛋的草鸡叼走了，早晨起来，狗子发现是老婆桃花忘了用石头压鸡窝门，狗子返回家就打桃花，边打边骂："你个狐狸精，你个狐狸精！"

仿佛鸡是让桃花这个"狐狸精"叼走了。

我老姨的女儿出嫁到我们村，和我母亲是两姨姊妹，叫母亲姐姐，可是她的丈夫却是我们的爷爷辈。母亲让我们当着村人叫奶奶，到我们家就叫姨姨。

一天半夜里醒来，发现丈夫不在了，她也从炕上起来到了院子里，发现公公婆婆的窑洞似乎有灯光，仔细往里瞅，看见灯光是从公公家窑洞的底掌里发出的，再细看，平常是一面墙的底掌居然开了一扇门！这个没见过世面的女人大惊失色，慌慌张张往回走，先是碰倒铁锨，后是踢飞了筐，夜深人静，院子里顿时踢里咣当。因为看见了丈夫家不该看见的"秘密"，当天夜里差点儿被她的老公打死。从此后，三天两头挨打。有一天，姨姨到我们家，脱去衣服让她的姐姐看她的伤，我只看了一眼，不敢再看第二眼，那张红黑烂紫的背我记了半个世纪，到死都不会忘。

母亲流着泪说："离婚吧，逃活命要紧！"

"打到的婆姨揉到的面。"

"三天不打上房揭瓦。"

"婆姨是烂羊圈门得经常歇腾（修理）。"

"下雨天打老婆，闲着也是闲着。"

这些谚语是我小时候常听大人说的。他们说到也能做到，村子里隔三差五地能听到婆姨们的哭喊，穷得没面揉就打老婆。男人打老婆的理由实在是千奇百怪，有的简直匪夷所思。饭迟了、饭咸了、饭稀了、饭稠了都是打老婆的理由，孩子饿哭了、猪羊饿叫了、自留地里的庄稼旱了也是打老婆的理由，和东家的男人多说了一句话，和西家的长辈少说了一句话，和邻家的女人拌了一句嘴更是打老婆的理由。

挨打的女人一边骂人一边干活，一边哭一边做，仿佛什

150

么都比不上干活重要。常听我母亲对挨了打来给她哭诉的女人说："你躺在炕上睡上三天，看谁狗日的受不了？"

可是，哭诉着，哭诉着，哭诉的女人忽然站起来说，"唉，孩儿还在家里饿着，猪也该喂了，我不能和你潮了（谝了，磨叽了）"，且说且走了。望着女人的背影，母亲长叹一声！

我的老家在陕北黄土高原的土圪崂里，农作物就是谷子、高粱、玉米、黑豆，全是山地旱作杂粮，靠天吃饭，这一年雨水丰沛，种啥长啥，而这一年干旱少雨，则颗粒无收，十年九旱是夸张，三年两旱是实话。

沟深坡陡，一年四季，春天耕地播种，夏天除草施肥，秋天收秋打场，苦重活累，全靠男人，女人只能打下手。男人们自称受苦汉，靠苦力蛮力生存的条件，形成了男人的主导地位。

大集体时期，男人下地，女人也一样下地，下地回来男人还能坐在炕上抽一口烟、歇一口气，女人却要忙着喂猪喂羊做饭，有孩子的先要安顿孩子。

说到孩子，哪一家不是四五个，有的甚至是六七个。我的奶奶从十八岁到四十岁的二十年间生了七个孩子，平均三年一个。我母亲从十八岁到三十八岁，二十年间生了六个孩子。女人们从结婚开始，不是挺着大肚子在妊娠期，就是抱着一个小孩子在哺乳期，不论什么期也不误下地干活，回家做家务。

有时候女人来月经照常下地劳动，汗水裹着血水一起从裤腿里流出来都不知道，女人们屁股上背个血印更是见怪不怪的常事，好在黄土地里劳作血印很快就变成泥印。

在我小的时候，一家人的衣服、鞋袜都是女人自己缝制。到冬天，男人是农闲季节，女人们开始起早贪黑做一个冬天的针线活，加上操办过年，冬天的女人比夏天的男人都苦重。说是男女平等，干活受苦不仅平等，还超过了男人。

好汉的女人如雷吼，受苦汉的女人不如狗。艰难困苦的生活，把人的心磨硬了，把人的情感磨没了，受苦汉们看待自己的女人，与看待猪狗无异，既是活下去互相离不开的支撑，也是活下去互相嫌弃的累赘。

2020 年夏作于内蒙古师范大学盛乐校区

母子间的礼物

我竭力回忆我与母亲互赠了什么礼物，想来想去，离不开吃。词典里说，礼物就是取悦对方的东西。我和母亲就是靠吃的东西互相取悦对方？

一

我记得第一次送母亲礼物是面包。

1976 年的冬天，我的老家陕西省神木县食品公司开始做面包，之前食品公司卖的最高档最好吃的食品是饼干。我猜食品公司的经理和我一样，一定是看过《钢铁是怎样炼成的》，否则怎么会想起派人到北京学习做面包？我看过的书，只有《钢铁是怎样炼成的》这本书里反复说面包长面包短。

为了让更多的人买到面包，也可能是想让面包降临神木有仪式感，首次发售面包，日子选择在星期天。

这一天，我起了个大早，摸出藏在枕头套里的五角纸币，趁宿舍里的同学们还在睡懒觉，悄无声息地出了门，决计把书里的面包买到手里。

早晨的太阳已经照在了街道上，青砖地面反射着清冷的光。虽然穿着棉袄棉裤，但没有衬衣也没有线裤，冷风从裤脚直达小腹，双手使劲掖紧棉袄，算是保住了上身。脚上穿着一双黄胶鞋，走在冰冷的街上，仿佛赤脚走在冰面上。

跑步，啪嗒，啪嗒，冬日清晨的寒风里，一个抱着肚子、佝偻身子的少年，为了面包，跑向位于南大街的食品公司。

去早了，店门紧闭，阒无一人。只好用同样的姿势又跑回学校。门房的马蹄钟表还不到八点，在门房和老石大爷待了不到十分钟，怕误了买面包，又以同样的姿势跑向食品公司。

离开也就半小时，买面包的长队就排到了邮电局门口，少说也有五六十人。难道这些人也都是看过《钢铁是怎样炼成的》？不然会对面包这么感兴趣。

北方的冬天，看不见的寒风像小刀在你的脸上刮，人们在寒风中瑟瑟发抖，我站在队尾，不到十分钟，也跟着瑟瑟发抖。为了取暖，人们开始原地小跑步，一队人蜿蜒起伏，脚步散乱地向着紧闭的窗口前进。

我另有秘诀，心里默默向保尔·柯察金学习，用钢铁般的意志战胜寒冷。

学习了十几回保尔，面包发售终于开始了，每人限售四个，每个面包一两粮票五分钱。

离窗口还隔着十多个人，面包的香味浓郁地吸进鼻腔，清鼻涕都被挤了回去。这股从未体验过的味道有一种膨胀的力量，仿佛要把我从地面上抬升，不仅大脑被冲得晕晕乎乎，整个人也晕晕乎乎。

四个面包用一张麻纸包着，捧在手里热乎乎的，我贪婪地使劲地吸面包的香味，让我孤陋寡闻的味觉先接受一番洗礼！

边走边吸，不知不觉走到了大楼洞，大楼洞也是一个十字街，到哪里去吃？一直向北就走回了学校，宿舍里有二十多位同学，四个面包够谁吃？向西是西门河滩，枪毙死囚犯的地方，不适合吃这么好的东西。向东拐到东街，抬头看见"东皇锡福"四个大字，被冬日的阳光涂上一层金黄，忽然觉得这个"锡"字写错了，不应该是"赐"吗？难道这个字错了六百年就没人发现？管它是"锡福"还是"赐福"，我先把上帝赐给我抑或是"锡给我"的面包品尝了再说。

我背靠在墙上，小心翼翼地打开包着面包的麻纸，面包原本是金黄的，太阳的照射下更加金黄，四个圆圆的面包挤在一起，拼成正方形，转过来转过去，我不知该在哪一个上下嘴，哪一个上也舍不得下嘴。在其中一个的底角上，掰下一小块放在嘴里。面包软软的、绵绵的，到口腔就化了，被早已等不及的唾液裹挟进肚里，似乎食道都没有经过。第二块，才品尝出了甜、酥、有一丝丝香蕉水的滋味。第三块，没有放进口腔，食指和拇指捏着，用舌尖慢慢舔舐，最大限度延长美味停留的时间，让记忆把这从未体验过的味道留存。

东升的朝阳照着凯歌楼，也照着墙根下被面包陶醉的少年，此时的世界只有太阳、面包和少年。

面包一定是世界上最好吃的东西，我想到了远在老家的母亲，在饥饿和寒冷中挣扎的母亲，只要有一口饭就先让儿女吃的母亲，一定要让她吃到面包，这个她听都没听说过的世界上最好吃的东西。

我小心翼翼地把剩下的三个面包照原样包了起来，寒冷令手僵硬，扎纸绳费了好大的劲。

离放寒假还有一个多月，保存这三个面包真是费尽心思，防暴露、防腐烂、防鼠防虫，虽然"四防"很成功，但面包变得越来越小，不到半个拳头大了。他大大的，原来面包是个假大空。

寒假回到家里，一家人头凑在一起，看我里三层外三层拆去包裹，露出完全失去水分的面包，面包已经抽抽在一起，皱巴巴的，品相极其难看。我怕母亲失望，赶紧掰下一块塞进她嘴里，希望母亲的脸上露出欣喜异常的表情。

母亲却十分平静地说："这个东西是好吃，但不能当饭。"说着，把面包掰下半个，递给我说，"去，送给你奶奶，让她尝尝这个稀罕的东西。" 奶奶七十六岁了，满口没有一个牙。

看我愣着不动，母亲说："活着尝尝，比死了你们到坟头上祭献强百倍。"

我去给奶奶送面包，母亲也去给左邻右舍去尝面包。四个面包我吃了一个，弟弟吃了一个，母亲吃了半个，奶奶吃了半个。剩下的一个至被十个人吃过，现在想来，简直亏待了那个吃字。

二

1979年8月13日上午十一时左右，在我的老家陕西省神木县花石崖乡高念文村，乡邮递员给我送来一封挂号信：榆林师范学校的录取通知书。

当年，陕西省的大学和中专是分开考的，因为家庭的特殊困难，为了保证能够有一碗公家饭吃，我执意不听老师同学的劝告，报考了中专。可是，从填写报考志愿的那一天开始，我的心里就笼罩上隐隐的失落感，仿佛自己暗恋的姑娘就要和别人结婚了。陆续听到平时学习成绩不如自己的同学考上了大学，更是悔恨不迭。

看到自己的通知书，就像收到了恋人的结婚请柬。

我的母亲是目不识丁的农村老太太，她根本不懂大学与中专的区别，我告诉她我考上了能当老师的学校，并且特别强调是公办老师。母亲十分羡慕村里小学的民办老师，常说人家风吹不着、雨淋不着就把饭吃了，言下之意她的儿子要是能当民办老师就好了。

母亲听到儿子不仅能当老师还是公办的，异常高兴！让我把通知书念给她听："高云峰同学，你被录取在榆林师范学校，请于10月5日持通知书到学校报到。"

"完了？"听我意兴阑珊地一字一句念完，母亲满脸疑惑，她觉得这么重要的一封信，怎么能这么短！

她一把夺过我手里的通知书，说要让在村里当民办老师的三婶读给她听。去三婶家的路上，她只要遇见人就晃晃手里的信，主动告诉人家：我儿小林（我的乳名）考上公办老师了！

这哪里是去读信，分明是夸喜讯去了。夸了一圈回来已是正午，母亲说这么大的喜事，一定要祝贺一下。我明白母亲的祝贺就是吃一顿好饭。

可是，家里如水洗过一般，每天稀饭能吃饱都是问题，

159

能吃什么好饭？困难难不倒母亲，东家借软米，西家借油，自己家有土豆粉芡，母亲要吃陕北最好的饭：油糕粉汤。

粉芡要变成粉条，软米要变成油糕，工序十分复杂。中午一家人草草喝了点稀饭，全家总动员开始油糕粉汤工程。二哥负责漏粉，我负责把淘好的米在石碓臼里捣成糕面，弟弟担水，母亲总揽全局，脚不停手不闲地忙里忙外。

捣米用的石碓臼是人类新石器时期的代表器物，淘好的米一次捣一碗，一碗至少要举起砸下五六十次石杵，石杵有五六公斤重。够一家人吃的糕面至少要捣十碗米，意味着石杵要举高放下五六百次。脱了衬衣脱背心，光着膀子汗水能流到脚后跟，捣了一半，碓臼周围的地就被汗水洒湿了。

太阳落山时分，母亲开始蒸糕，蒸熟了还要和、揉，摊薄切片，然后才能炸。炸糕是点上煤油灯进行的，大约晚上十点钟，一家人终于吃上油糕粉汤。

母亲的高兴、劳碌，更使我万分地羞愧！母亲不懂大学与中专的区别，可是我懂啊。那一天，我暗暗下定决心：一定要还母亲一个大学。

三

中师毕业，我分配到神木县教育局教研室工作，母亲也从农村搬到了城里，和我住在教研室的上院8号。

我没有忘记心里给母亲许下的诺言，白天工作，晚上复习，准备工作三年后参加高考，因为当时的政策是工作满三年上大学，可以带薪。

三年的时间里，母亲见证了我的刻苦，每天早上五点以前起床，晚上十二点以后睡觉，雷打不动。看我太辛苦，母亲心疼不过，常常劝我说："能考上更好，考不上现在的工作就挺好。"其实，以母亲的精明，又是在教研室这样的单位生活，她早已明白大学生与中专生在单位里的地位区别有多大。

1984年夏天，我实现了考上大学的愿望，母亲真是喜出望外，一定要再做油糕粉汤祝贺。可是，母亲与我住在单位宿办合一的不到十平方米的窑洞里，平时吃饭，门口支个小火炉，简单的家常便饭还能凑合，吃油糕粉汤万万做不到。再说住在城里，到街上的食堂买油糕、买粉汤，都很方便，但母亲执意要自己做，催促我去买回油糕粉汤的原料。

我懂母亲的心，她这是唯一能给儿子的礼物。

母亲把要吃的东西一样一样在屋里准备好，耗费的时间是平常的好几倍。最后一道工序炸油糕，油糕一开炸，满院浓香。单位的同事们闻香赶来，没有碗筷，轮流吃。离家近的，干脆回家取来。东西不够吃，我又下街买了一趟。大家就在院子里站着、蹲着，吃得稀里呼噜，人人都说好吃。

天热、心热，好客的母亲满头晶莹的汗珠，笑颜灿若夏花。

后来，我当了校长，原来只期望儿子当老师，现在居然成了管老师的人，远远超出了母亲的期望，岂能不贺！油糕粉汤一定是少不了。

　　再后来，我通过"一推双考"，考上副厅级，安排到一所专科学校任党委书记。母亲不懂级别之类的概念，但我告诉她我的职务相当于大学的校长时，病床上奄奄一息的母亲，额头的皱纹舒展，小眼眯成一条缝，瘪瘪的嘴角撇向两边，雕塑出一个立体的笑容。

　　我想，如果此时母亲有气力走到厨房，一定会给我做油糕粉汤！

　　2010年，我调到内蒙古师范大学当了副书记，这年，母亲离开我已经三年了！我自己在家里做了一顿油糕粉汤，却一点儿也吃不出母亲的味道。

　　自从吃不到母亲做的油糕粉汤，我再没有一点进步，也懒得进步。

2020年8月1日于盛乐

你的青春在我的记忆里

爱人进入五十岁，有了各种各样的病，也进了各种各样的医院，见过各种各样的医生，检查不出什么毛病。最后的结论是：更年期综合征。我慢慢领悟：更年期，更年期，是不愿意更年啊！

　　女人跨入五十岁，这个年更得太残酷了，浑身上下每一块肉都往下松垮，爱人常说的话是："看见镜子里那张松松垮垮的脸，我自己都讨厌。"知道了病根，我决定自己给她治这个叫"更年期综合征"的病。

　　我开始经常和她聊我们的过去，回忆我们曾经有过的青春岁月。每周给她写一封信，用我们曾经最喜欢的交流方式，回顾我们曾经有过的青葱岁月、浪漫故事。我想告诉我的爱人：你的青春你的活力你的美丽就在我的记忆里，只要我活着，你的青春就在，你的活力就在，你的美丽就在。

原打算这样的信写一百封，写到十几封，老婆的病症已消失大半，更重要的是人家每天读诗写诗，顾不上也不待要看我写的陈词滥调。我把写给老婆治病的信，有代表性的择几封，按照信的内容加个小标题，与老婆们正在更年期的男同胞共勉。

一、春天，我们相识在花石崖

春芳爱妻：

还记得我们三十五年前在花石崖中学的初识吗？那是一个春天温暖的中午，午饭后的师生热热闹闹地自由活动。我信步走到学校二层大院子，见院子西边的乒乓球台上两位老师打乒乓球，一男一女，一白一绿，起伏跳跃，鏖战激烈。吸引人的是上身穿着土白色夹克衫的女子，像一只跳来跳去的兔子，活蹦乱跳。近前仔细观战，发现穿绿运动衫的男子根本不是女子的对手。见我走到台前，两人均礼让我打。出于好奇，原本也会打乒乓球的我没有急于登台，而是提议由我当裁判，他们俩比赛一盘。在这个偏僻的农村乡镇中学，会打乒乓球的人很少，女子会打更是稀奇，我想看看这个会打乒乓球的女子水平有多高。男老师似乎有点紧张，马上结结巴巴地说："我、我哪是贺老师的对手，她、她是我师傅。"我心说："咳，太没志气了吧！不就是个女同志嘛。"这回我不客气了，对男老师说："我来！"那时乒乓球还是二十一分制，五球一轮发。打完一个轮发，我心里已经知道对手不等闲。搓、削、推、攻技术全面，移动灵活，攻防兼备。特别是发球抢攻，扣杀准，速度快，线路刁。第一局很快就输了，关键是输得糊里糊涂。

我是一个乒乓球运动的痴迷者，石头台子，自制的木头拍子，缠着胶布的乒乓球，整个小学初中，每天下午除了刮风下雨，一直要打到黄昏看不见球才罢。技术不行，但球性很熟，也有野路子打球人自创的绝招怪招。第二局，我也不顾风度，以能赢为目的，看左打右，长短吊，左右拐，发球不抛，使出浑身解数，气喘吁吁，大汗淋漓，紧张、专注、投入。对面的女同志面带微笑，姿势优美，神态悠闲，舒缓放松。终于打成二十平，人家看我赢球心切，故意给我卖破绽，无奈自己技术不精，看有机会猛扑猛打，反倒造成失误，又败一局。

原本是要露一手，却露了脚，心里很不舒服。第三局女同志干脆从一开始就卖破绽。打球的人当然明白对手的用意，也许是自尊心受到伤害，也许是注意力不集中，第三局输得更是稀里哗啦。这场大失面子的比赛让我认识了你，也感受到你是一个阳光健康、聪明活泼、善解人意的好女子。

当天晚上，去你办公室借水喝，这也许是最蹩脚的借口，可是，没有办法，那个晚上和你交谈的愿望太强烈了！推开门，看见一团昏黄的罩子灯下，你正在批改作业。黑黑的窑洞，小小的灯光，大大的木头桌，一个小姑娘伏案批改作业。你站起来迎接我，依然穿着白天打球时穿的土白色的夹克上衣，运动长裤，身材中等，干练精爽。灯光昏暗，笑盈盈的脸上那双杏核眼更显得顾盼有神，脸色也格外白皙。

我问她："你一个人住吗？"

"是。"

"不害怕吗？"

"怕什么？"

"鬼！"

"我不怕鬼，怕人。"

我们像一对老熟人海阔天空地聊，大多是我说你听。结婚后，你说那天晚上我给你的印象是：真能吹牛！

唉，那怎么能叫"吹牛"？酒逢知己千杯少，人遇喜欢话就多。我们二十年没见，有多少空白要补上啊！再说，下午输得那么惨，总得说点自己的特长优点弥补形象呀。

花石崖是神木县南部的一个乡镇，乡政府就在花石崖村。阴历逢一有集，十里八乡的老乡们聚集在一起物资交流，互通有无。我在花石崖中学的那些天，正遇上集，中午休息时间我和学校的老师们一起下去赶集。看有卖花生的，我买了满满两裤兜。回到学校，正遇见你从办公室出来，看我们吃花生，立马掬起双手讨要，那神情是又俏皮又可爱。我想起小学初中那些赖皮男同学，一看见别人吃零食，就伸出手："×的，给点！"不给就霸王硬上弓：抢。我把自己兜里的花生给你掬起的手里放，故意几粒几粒地放，直到你的双手起了堆，你还等着。另外一个老师开玩笑说："脸皮真厚！"

世界上有数不清的地名，可是与我们生命有密切联系的却有限。有一个地方与我们两人的生命密切相关，它见证了我们的爱，寄托了我们的情感，我们生于斯也愿意死于斯，它的名字叫"花石崖"，我们共同的老家。更是你的出生地、成长地、工作初始地，我们俩初识初恋的地方。

二、酸酸的青杏

春芳爱妻：

你一定记得1983年那个春天，那个关于青杏的故事。

这是一个阳光明媚的上午，我在花石崖中学的院子里远远望见东南山坡上一棵杏树在阳光下泛着浓浓的绿光。按季节，树上该有青杏了，空气中弥漫着青草的清香，燕子在小河与人家穿梭，不是说燕子飞时青杏小嘛。小时候，每到青杏挂枝，一群男女小伙伴就到杏树下摘青杏，男孩子只是好玩，女孩子大多喜欢吃酸杏。那个俏皮的小姑娘也一定喜欢吃。我一口气跑到树下，抬头仰望，果然树枝上挂满杏子，圆圆的，绿绿的，挤挤挨挨。我攀上树，挑拣个大的摘了一衣兜。

回到校园时，正是课间，你从教室门出来，我兴冲冲地迎上去，神秘地说"我有好东西给你吃"，你似信非信地看着我，我从衣兜掏出一颗亮你眼前，你赶紧伸出小手掬成窝窝，一兜青杏在你的小手里堆起，仿佛捧着一掬绿珍珠。

你拣了一颗放进嘴里，只听咔嚓一声，再看你的眼睛鼻子嘴巴全都挤在了一块儿，青杏酸啊！这个酸样样在我的心里咯噔一下，像一池水里扔进一块大石头。从此，这个既可爱又俏皮的酸样样在我的生命里定格，任何时候想起来都如同昨天，如在眼前。

三、甜甜的月饼

春芳爱妻：

还记得83年的中秋吧？我们一起度过的那个甜蜜的节日。83年的中秋节我在乔岔滩中学讲课，学校给教职工发月饼，也给我这个县上下来讲课的老师发了十个。月饼是自己打的，刚刚出炉，吃在嘴里又酥又脆，异常香甜。我吃了一个就不舍得再吃，想起了心里的那个"酸样样"。为了你能吃到新鲜的月饼，我调整了授课安排，第二天黎明就从乔岔滩中学出发步走去花石崖。

五十多华里的山路，只用了四个小时，上午第一节课刚下就到了花石崖中学。上到学校院子，第一眼就看见了你，身穿枣红色的条绒外套，手里提着黄色的提包。原来，你正准备坐顺车回家过节。那时候，农村中学有中秋节前后放秋假的习惯，让农村孩子回家帮家里收秋。花石崖中学要从明天起放五天秋假。我没有胆量告诉你我的背包里有专门给你送来的月饼，当着这么多的熟人甚至不敢多看你一眼。想想五天以后你才能吃上我的月饼，心里很着急。你和马校长说，回去两天就会回校，我心里暗暗想你也许是说给我听，让我等你。好吧，不管是不是这样，我等着，也看看你心里有没有我。

我和不回家的老师住在一起，每天除了看书，就是等人。头两天知道你不会回来，心还能静，从第三天开始，书上的字一个也看不进，耳朵似乎一直在辨听那个熟悉的脚步，脑海一直在设想见面的情景。第三天在煎熬中落日了，直到上灯时分，还幻想着你能回来，找各种你晚回来的理由。其实，县城到花石崖一天就一趟班车，每天中午到。我只是不愿意想也许你就是和马校长那么一说，根本不会提前回学校。

第四天中午十二点多你回来了！在你开门的时候我就站在你的身后，与你几乎同时进到了你的办公室。你从兜里拿出给我的月饼，我从兜里拿出给你的月饼。你坐在炕沿上，我坐在靠炕沿的你的办公桌椅上，你吃我的，我吃你的，月饼的香气弥漫在整个窑洞里。神木的月饼是硬壳的，圆圆的，黄黄的，用模子打出来，一面是"花好月圆"，一面是"中秋月饼"，里面的馅有花生仁、玫瑰、豆沙、白糖、青红丝，俗称五仁月饼。八十年代初，月饼是高档点心，奢侈食品。我把你给我的月饼先捏成两瓣，不知是先吃"花好月圆"，还是先吃"中秋月饼"，拿在手里哪边都舍不得吃。从懂事起，但凡拿到好吃的东西，都舍不得一下吃进肚里。记得第一次吃饼干，是二爸从兰州带回来的，给在场的小孩一人一片，我是放在嘴里含完的，根本没有用牙。这一片饼干含了十多分钟，慢慢享受那从未品味过的异香。吃花生，先把花生分成两瓣，再把一瓣一分为二，才放在嘴里慢慢咀嚼。所以，看到书里描写人们吃好东西用大快朵颐甚至狼吞虎咽这样的词，心里真是不以为然。吃月饼的方法与吃花生一样，不过分割得更多。手里的月饼是你从神木带给我的，更是要慢慢地细细地享用。

一边品味月饼一边东拉西扯地和你说话，说我们的童年，说我们未曾相识的小学中学大学，用说弥补我们不在一起的空白。有月饼在嘴里，那些苦难的枯燥的过往说出来，似乎也洋溢着甜蜜，似乎也分外有滋味。

四、爱诗的女子

春芳爱妻：

今年，你写的诗《我有两个女儿》，在"为你诵读"平台推送，点击阅读接近百万，朋友们都有点诧异："怎么？还会写诗？"早在花石崖的时候，我就知道你是一个文艺女青年，喜欢读书，喜欢古典诗词。有一次，我到你办公室，恰好你不在，我看见你办公桌旁的墙上挂着一块小黑板，用黄色的粉笔写着"每日一诗"，用白色的粉笔写下冯延巳的《谒金门》，上有"风乍起，吹皱一池春水……"词好，你的粉笔字也好，我想起"见字如面"，你的字确实和你的人一样潇洒漂亮，让人看着舒服。和你交往越久，发现你的优点越多，而我恍然明白，这一个个优点其实是拉大我们俩差距的里程碑，这样的碑越多，我们离得越远。想着，想着，悲从心起，顺手拿起你桌上的笔写下："风乍起，吹皱一池春水，戏水鸥鹭并蒂莲。倏知徒羡南江春，蓦然回首远遁去。"后来，我问你："读懂那几句话的意思了吗？"你说："嗯，知道你心里有鬼了。"

好吧，我们再一起读读你写的《我有两个女儿》：孩子／为了爱你／妈妈给你生了一个姐姐／孩子／为了爱你／妈妈给你生了一个妹妹／妈妈最开心的／是看着你们叽叽喳

172

喳乱作一团／笑个不停／妈妈最放心的／是望着你们牵着小手／一起出门的背影／妈妈最安心的／就是想着／我们老了走了／你们还会一直／相亲相爱相伴一生。

感谢上天给我们两个宝贝女儿，更感谢诗神赋予我老婆写诗的天赋，如此美妙地表达了我们有两个女儿的欢乐与自豪！凡是有两个女儿的朋友，我都把"为你诵读"的录音发给他。一位有两个女儿的母亲微信回复我："五岁的二女儿听完录音对我说：妈妈我爱你！上小学的大女儿听完眼含热泪紧紧地抱住了我。谢谢诗人！"众心之语，皆为美诗。

一首短诗，道出多少母亲的心语，难怪"为你诵读"平台推出后会有近百万的点击量。你知道我特别喜欢、支持你读诗写诗，我们不能只为锅碗瓢盆活着，生活还应有诗和远方，追求诗和远方，才能走出平庸、脱离低俗。因为诗和远方，即使影响了我们的锅碗瓢盆，也没有关系，不影响我们活着就行，更重要的是我们因此在另一个层面里，生活得更丰富更充实。

五、老婆十八岁当老师

春芳爱妻：

今天要和你说说你最喜欢的话题，恢复高考制度的第三年你成为一名大学生，十八岁专科毕业就站上讲台一直是你

173

的骄傲。无论是在花石崖中学还是在神木二中，无论是在榆林财校还是在大柳塔子校，你都给你的学生留下了深刻而美好的印象，把枯燥的物理讲得像你本人一样生动活泼轻松有趣。记得在榆林，我们刚刚成家，家徒四壁，墙壁显眼的地方张贴着你的奖状，张扬着你的业绩和一位优秀教师的荣耀。有一次我单位的领导到咱家，看见"奖给课堂教学竞赛第一名贺春芳"的奖状，盛加赞赏，还仔细辨析了"第一名"与"一等奖"的不同，说一等奖可以有三个五个、十个八个，第一名就一个，如果有十个一等奖，第一名就是一等奖的第一个。

现在，你的学生分散在许多地区的各种岗位。最近几年你会受邀回到家乡参加各种年代、各种层次的学生聚会，只要有学生召唤你一定会克服困难安排时间，与分别多年的学生重聚相见。神木二中八六届学生毕业三十年聚会邀请你，从收到邀请的那天起你就陷入回忆，兴奋激动。诗人（也是师人）把聚会发言稿居然写成了诗：《那一年我们没有说再见》"那一年／我用简单的物／讲述抽象的理／我用手中细小的白／对抗身后大片的黑／我想用最单调的颜色／描绘出属于你们的七彩斑斓／那一年／你们是浅浅的黄／你们是嫩嫩的绿／你们是桃花要红李花要白／你们是花儿与少年……／那一年／老师离你们并不遥远／老师也刚好走在春天／心里装满未来和明天／不懂停留不愿回首／分别时／

竟没有再仔细看你们一眼……一别就是三十年／你们也许和我一样／你们忘记老师讲过什么／说过什么／忘记了密度　速度　加速度／忘记了重力　弹力　摩擦力／忘记了欧姆·焦耳／忘记了安培·瓦特／但是／你们没有忘记老师盈盈的笑意／没有忘记老师青春的容颜……"在场所有的师生都被感染得热泪盈眶！

老婆，你的青春也在你学生的记忆里，在你最好的年华，你把辛勤、知识、智慧奉献给他们，你把耐心、诚心、爱心奉献给他们，他们的脑海里，也珍藏着你最美的容颜。

六、结婚纪念日

春芳爱妻：

今天是我们结婚三十周年纪念日，三十年！与你相识如在昨天，与你相爱如在昨夜，与你相伴的日子真是如梭飞逝呀！

常常会想起初识时那个扎小辫的调皮活泼的小姑娘，那伸出双手讨花生吃的馋样，那赢球后的得意样，那咬一颗青杏后的酸样，那盯着你看的俏样……假如时光能够倒流，还是那么贫穷、困苦，那么曲折、艰难，那么无奈、无望，我都愿意陪你再来一遍！

我不敢打开自己精心整理的我们俩的"两地书"，太苦涩，太凝重了！但是，它真实地记录了两颗心艰难靠近的历程，记录了爱冲破世俗、冲破藩篱、冲破利锁的无畏。因为苦涩，因为凝重，其中的鼓励、关怀、牵念才更为温馨，更为珍贵。

婚宴是少有的简朴，少有的寒碜，但是它是我用了别人十倍百倍的付出才做到的！做每一件事，准备每一项活动，我的内心只有一个念头：让我的春芳高兴一点，而非做给别人看。我在自己有限的条件下，尽了最大的努力。我知道我亏待了你，也因此默默下决心要用一生补偿。

为了生大女儿，春芳付出的代价不堪回首！想起那一段自己的无知、无能、无奈，真是痛心疾首！也许女儿来得太不易了，春芳几乎舍出生命换来的女儿，令我格外爱惜！仔细想来，对女儿的深爱，除了人伦、血浓于水，对春芳的愧疚、报答是潜在的力量。我有时模糊分不清女儿与妻子，似乎觉得妻子和女儿就是同一生命体的不同形式。

二女儿丫丫的到来，让我们俩平静地享受了婚姻、生育的幸福快乐。丫丫是上帝怜爱我们，送给我们最珍贵的礼物，是我们美好婚姻的结晶，相亲相爱的见证，自从丫丫到了我们家，吉祥如意也到了我们家，穷困走了，烦恼走了，日子一天比一天好，快乐一天比一天多。

我常常不敢细嚼自己的幸福，想想我这样一个偏僻山村贫穷家庭走出来的人，怎么能享有这样好的生活，这样完美的家庭？我的内心充满感恩：对社会、对国家、对内蒙古、对共产党，对所有曾给予我们帮助的人。我更感激我的爱妻，因为有你，我才有了奋斗不息的动力，我不愿意让你失望，不愿意让你委屈，不愿意你的内心有对别人的羡慕；因为你，我坚守了对爱的忠贞，恪守了人格的高尚，保持了真诚与善良，在人欲横流的世风中，超凡脱俗，赢得了人们的尊重与赞誉。

三十年过去了，12月1日我们记忆中这个重要而美好的日子又迎面走来，想想三十年，一万多个日日夜夜，我们依然恩爱如初，依然相伴相守，多么难能可贵，又是多么值得庆幸、庆祝！这一切缘于你的丈夫始终认为自己的妻子是世界上最好的女人：聪明、善良、能干。这也屏蔽了他对妻子缺点的认识，纵容了他对妻子无原则的包容，更阻滞了他对妻子缺点的记忆。所以，无论妻子有多大的问题，他看不见、不当事、记不住。

春芳爱妻，三十年由友情而爱情，由爱情而亲情，我已经分不清友情、爱情、亲情孰多孰少。但是，我清晰地知道你已经成了我生活的内容，成了我生命不可或缺的部分，成了我幸福与否的全部。

说实话，我已经没有什么上班工作的激情，经常憧憬与妻子一起过退休生活，牵着那只最喜欢牵的手，闲云野鹤般地去任何我们想去的地方，做任何我们想做的事，过任何我们想过的日子。定定想来，这其实是自从认识你、爱上你、和你在一起后，一直潜藏在心底的一个梦想，梦想就要成真了！

老婆，三十年的相亲相爱，三十年的相濡以沫，三十年的朝朝暮暮，几页薄纸岂能尽述？在三十年结婚纪念日，我只想再一次对你说：谢谢你让我如此爱你！

2017年春于盛乐

天使驾到

一进腊月，北方寒冷的空气中就弥漫着一种年的味道，我的大女儿就是在这种年气的氤氲中驾临我们家的，阴历腊月二十五，公元1988年2月12日。

　　早上起来，妻子春芳说她肚子痛得厉害，我们俩都知道，这是宝贝要出世了。当时我们的家就是春芳工作的单位神木二中的办公室，先前是两位女老师合住，宿办合一。我们俩结婚没有地方，合住的那个女老师刘云萍慷慨承让，自己找了个临时办公的地方。办公室在二层最东边，窑洞上面修的薄壳窑，不到十平方米，一盘大炕占了多一半，地下一边放一张办公桌、一个沙发，另一边放一个衣柜、一个平柜，剩下的空地就是能放下脚的走道。有一个铁火炉没有地方安，就放在门口，好在是一个最东边的办公室，没有碍着别人。我生着火炉，为春芳做了熟牛肉炒豆芽，她连水都喝不下，哪里吃得下这个。我知道妻子今天有力气活，劝她强挣扎着吃了半碗。

　　着急忙慌地收拾了一点能想到的必需品出门，半扶半抱妻子下楼，到楼下刚好看见春芳的弟弟虎虎，告诉他姐姐要生了，嘱咐他不要告诉岳母，免得她担心。岳母担心不担心先不说，这个当时读高三的大男孩先惊得变了脸色。

　　我骑着自行车，后边带着阵痛不止的春芳，直奔神木县医院。神木二中位于当时县城的东北边，抬头就是香炉山，县医院在县城的西南边二郎山脚下窟野河畔。从二中到县医院，要沿着东兴街从北到南把神木县城穿越一遍。临年腊月，街上的人行色匆匆，这座有六百年历史的县城对于过年有异乎寻常的重视，从腊月二十三到正月十五，几乎天天都有说道。那时候街上没有什么车，一眼望去，街上的人一半步行，一半骑自行车，东兴街显得很宽阔，自行车可以在当街骑。我不敢像平常骑车那么狂野，尽管春芳一声接一声地呻吟，我还是小心翼翼地前行，既怕颠着她，又怕出意外。更重要的是，这一辆破自行车上驮着我们一家两代人。朝阳初上，给龙眼山、吕祖洞涂上一层金黄。天气格外的晴朗，清风麻酥酥地抚摸你的脸。迎面遇见的每一个人都似曾相识，真想碰见一个熟人，告诉他我要做爸爸了！有一点紧张，有一点兴奋，似乎还有一点崇高！

腊月尽头，医院里已经处于半放假的状态，妇产科的值班医生是一个刚刚医大毕业的名叫李阳的小伙子（后来才知道他是外科的而非妇产科）。办完入院手续，他做了简单的检查，说"胎位顺，一切正常，等着吧"。在等着的过程中，春芳一会儿比一会儿痛，疼痛的叫声一声比一声急促，头上汗水涔涔。一会儿躺下，一会儿坐起，有几次还要下地。我只能苍白无力地重复一句话：忍着点，忍着点！

透过窗户，我看见虎虎不知啥时候已经在医院的院子里了，局促地徘徊，不敢进病房来。

三十年前的县医院条件十分简陋，妇产科就在一排砖窑洞里，是原来国营一旅社改造的，做旅社的格局还在，只是客床改名病床。也没有专用的产房，病房里就两张病床，暖气是医院自己锅炉烧的，也不热。那时候，神木人生孩子十有八九在自己家里生，我们实在是没有一个可以被称作家的地方，只好到医院。

我让虎虎叫来我的母亲，她生过六个孩子，我希望她的经验能带给春芳信心。母亲来时已经是下午三点多，春芳肚子痛已经八个多小时，她的脸色苍白，双眼紧闭，一声接一声地叫，嗓子也暗哑了，头发湿湿地贴在脸上。大夫李阳认为生产的时机成熟了，打了催产素。宫缩的力度加大了，阵痛的力度也随之加大。春芳的叫唤更加凄厉，两只手紧紧拽着床栏，双腿无力地踢蹬。我想给她喝一口水或者说一句话，以此减轻她的痛苦，可是被剧痛紧锁的妻子哪里能有暇顾及这些。母亲看到这阵势，脸色凝重，一言不发。忽然跪在地上，面向二郎山方向边磕头边念念有词地祷告。母亲的举动着实吓了我一跳，这个有生育六个孩子经验的人，为什么吓成这样？原本傻傻的不怎么害怕的我，心一下子提到了嗓子眼。医院就在二郎山神庙脚下，神仙如果真想帮忙倒是挺就近。此时，我真希望冥冥中有神灵保佑妻子渡过眼前这一难关！

我和春芳1986年12月1日结婚，1987年5月意外怀孕。原本我们俩在二三年内不准备要孩子，不是不喜欢孩子，而是物质条件不允许，没有房子不说，结婚欠的债还没有还清。突然怀孕了，我是不由分说不计后果地傻高兴，向来做事冷静的春芳却说这个孩子不能要，必须去医院做掉。要，还是不要，我们俩掰扯了有一个星期，谁也说服不了谁。有一天上午，春芳给我下了最后通牒：她去医院流产去呀。说完，就一个人走了。我悄悄尾随在身后，春芳走得很慢，时不时用手绢擦眼睛，但一次也没有回头看。一直跟到东街的中医院门口，我看见她在门口犹豫了一会儿，径直朝大楼洞方向去了。过了楼洞，沿着西街一直走，最后进了街南的郭家大院。我忽然想起她说过弟弟虎虎念初中时，有一段时间曾经住在西街奶姑姑家，她这是去奶姑姑家了，这下我的心落了地。我赶紧跑到岳母的家里，一五一十告了一状。我断定岳母肯定是我的同盟，哪有老人不盼下一代的。果然，一听我说，岳母就开骂："我这个女子真是个糊脑子，二十大几的人好不容易有了，造甚孽了？"招不住上打下压，春芳只好屈服。可是，这个妊娠可苦了春芳，在将近三个月的时间里，吃啥吐啥，整个人瘦得成了黄瓜架。而这年的九月份我又调到了榆林，那时交通不便，一个月都不能回一次家，妻子一个人苦熬。到了八个多月，夜里翻不过身，连个扶一把的人都没有。好不容易熬到生产，又是这样的让人心惊肉跳，此时真有点后悔要这个孩子。

下午四点半，孩子的头终于进入产道，有几次我都看见孩子黑黑的头顶。因为是初生，加之从早晨七点到下午四点近十个小时的折腾，水米未进，春芳是精疲力竭。反复几次，总是眼看着要出来，又退了回去。春芳满头是汗，一边喘气一边带着哭腔问我："我是不是不行？"我鼓励她："你行的，你没问题，再坚持一下就成功了！"如此反复了有七八次，就在人焦急惶恐、束手无措的时候，孩子一骨碌奔了出来，比想象的要突然！要快！一坠地就哇哇大哭，声音格外响亮，哭声似乎还会打弯！孩子生出来了，春芳安全了！孩子很正常，该有的都有，该长的都长，一件不少，一件也不多，还会哭叫，母子平安！我低头吻了刚刚经历磨难的春芳，是安慰也是感激，是你的辛苦痛苦才换来我们的宝贝。告诉妻子，咱们的宝贝是女儿。抬手看表，是下午五点十五分。

安顿好孩子，我劝我母亲回家，我有点后悔叫她老人家来，跟着担惊受怕了一场。院子里的虎虎不见了，估计是回家向孩子的姥姥报喜去了。

大夫李阳一直守在病房，我问他还有什么事，他说："胎衣还没有下，按说十分钟内就应该下，现在都半小时过去了。"我问他："胎衣不下有什么后果？"他一声不吭，脸红红的。他说要试着人工剥离，就是大夫戴着胶皮手套，把手伸进子宫剥离本应自动脱落的胎衣。剥离了几次都没有成功，年轻的李阳大夫头上渗出的汗珠闪闪发光，脸憋得通红。刚刚经历生产的春芳，经不起再这样的折腾，每一次都很恐惧很痛苦，把头深深埋在我的腋下，双手死死地拽着我的胳膊。"你快去叫吴鸣琰院长吧。"李阳对我说，他的声音很低，可我听了不啻平地惊雷，原本放下的心腾就奔上了嗓子眼。我不知道胎衣不下的后果，但是我知道吴鸣琰院长是县医院的第一手术刀，要他来，一定是大事不妙。顾不上多想，我骑车直奔吴院长家，好在吴院长就在旅社大门口住，离医院不到五百米。老头正挽着袖子和面，我只会重复一句话：胎衣不下四十多分钟了，胎衣不下四十多分钟了！把吴院长的手从面盆拽出来，哀求快去救人，腿软着就要跪下。吴院长连忙扶着我说："小伙子不要着急，我马上去。"一边

185

叫他的女儿吴月萍先去做手术准备，他洗洗手。他的女儿也是医院的护士，当我领院长到病房时，他的女儿月萍已经打亮无影灯，准备好必要的器械。院长一到就开始上手剥离，只听院长说："哎呀，粘得挺厉害！"我背对着大夫俯身紧紧抱住春芳的头，她双手紧紧搂着我的脖子。这时候连叫唤的声音和力气都没有了，我能明显地感到她的身体颤栗不止。剥离成功了！整个病房的人都松了一口气。院长细心地用卫生纸把春芳身上的血污、床上的血污轻轻擦拭干净，卫生纸和着血水满满放了一盆。吴院长特别嘱咐："出血太多，一定要输血。"

吴鸣琰，这个名字一直珍藏在我的心里，我相信也珍藏在许多神木人的心里。他二十岁从长安来到神木，从医超过六十年，从医生到院长不知道挽救了多少人的生命！我永远忘不了那双被我从面盆里拽出来的和面的手，永远忘不了他轻轻地为我的爱人擦拭身体、擦拭病床的举动！

吴院长走后，我和李阳商量怎么输血，他说只能输干冻血浆，血库没有新鲜血液可输。春芳坚决不输，一方面经历了这一场生死折磨，累得筋疲力尽。另一方面，寒冬腊月听到"干冻血浆"这四个字就冷得发抖。我看春芳不想输，又心疼她，不想再折腾，就决定不输了。我的无知，大夫的经验不足，导致我们犯了一个终身追悔的错误。此后，不仅是月子里，一直到第二个孩子出生之前，在将近五年的时间里，春芳一直因为贫血（中医称为气血两虚）头晕、失眠身体虚弱，生生把一个活蹦乱跳运动员体质的人变成病恹恹的林黛玉。

九点多钟，大夫走了，岳母也走了，产房里只剩下我们一家三口。这时，我们才有机会看看我们的宝贝女儿——惊天动地驾到的天使！原来，天使驾到不是驾着祥云，而是伴着血泪，不是惊喜，而是惊吓！天使带给人们欢乐幸福，而有人为此付出艰辛与痛苦甚至生命。

我们的小天使脏脏的，丑丑的，瘦瘦的，像一个小青蛙。眼睛还没有睁开，小嘴咕嘟着，有时还张开打一个大大的无声的哈欠。我把孩子抱在春芳的床前让她看，她久久盯着这个差点儿要了她命的小东西，脸上洋溢着慈爱的笑容，咦咦哦哦地和她的女儿打招呼，女儿委屈得哇哇大哭，肯定是嫌爸爸妈妈这么长时间不理她。我用棉签蘸着糖水喂她，她居然"老练"地吮吸。

女儿出生的那一晚，我和春芳彻夜未眠，春芳是因为失血过多，身虚头晕。再说除了早晨吃了一点牛肉炒豆芽，孩子落地喝了一杯红糖水，再水米未进，还生死搏战一场。我看见自己的宝贝女儿像一个小天使睡在床上，亲得不行，爱得不行，兴奋得不行，也睡不着。清冷的窑洞里一前一后放两张床，一张是妻子，一张是女儿。我有时给女儿喂糖水，有时喂春芳喝水，在两张床之间辗转。

第二天出院回家。临产当天住院，第二天回家，这也是当时不成文的惯例。结账缴费，只花掉十七元。

　　现在的人生孩子都是在医院，大多剖腹产，少痛苦不受罪。生一个孩子花三万五万很平常。去年我朋友的女儿在北京和睦家妇产医院生产，提前半个月就住进去待产，坐月子就在医院，生一个孩子花掉十八万，雇金牌月嫂一个月两万。我的朋友是特例，但在医院分娩，雇受过专业训练的月嫂则是普遍。我的老婆下嫁给我这个穷光蛋，真是委屈了她！当然，委屈她的，主要是时代。

　　出院回家，我们自己没有房，岳母有，且比较宽裕，但神木人有风俗，女儿不能回娘家坐月子。我母亲在北关教研室旁边租住房管所的一孔薄壳窑，窗南门北，大约十五平方米。一排有八家，母亲在西边第二家，沿着一条不到一米的小巷走到尽头就是。没有结婚前，我和母亲、弟弟就住在这个窑洞里，结婚后，我住在春芳办公室，但吃饭一家四口还在这里。春芳回家前，弟弟搬到工作的神木中学办公室住，这里就当作坐月子的月房。母亲虽然是一个单身老人，但她是高、李两个大家族的枢纽，正值年关，这一孔十五平方米的薄壳窑每天人来人往。我们在炕沿上挂了一道帘，算是隔出一个月子房。

　　神木人祖祖辈辈坐月子给产妇就是熬小米稀粥，喝一个月。我是谨遵这条古训，一天从早晨五点到子夜一点，几乎一个小时熬一碗，不渴不饿哪里喝得下去？为了不辜负伺候月子人的劳累，妻子春芳硬撑着喝，但只喝米汤，不吃米。春芳身体一天比一天虚弱，一天到晚似睡非睡蒙蒙眬眬。叫来神木的知名中医刘文彦，摸脉问诊毕，结论是严重血虚，要大补，但月子地里不宜吃中药制剂，让用当归熬羊肉吃。于是我又是买药，又是剁肉，忙活了一上午熬成当归羊肉，闻着气味都让人恶心，春芳哪里吃得下。看自己的儿子跳上跳下伺候月子，母亲嘴上不说心里早有看法了。

母亲生了六个孩子，听她讲生孩子的故事，真是令人不可思议。1962年农历四月六日，是母亲生我的日子，凌晨起来干活，一直到晌午，觉得肚子痛，叫来隔壁的二奶奶，打发二哥、二姐去磨一点黄土。我们村里的女人生孩子怕污染被褥，都是在炕板上放一层细黄土。二哥和二姐一个七岁，一个五岁，两个人磨黄土觉得好玩，一去不回，我都要生下来了，他们俩还在磨黄土玩。二奶奶着急了，用一件破棉袄搂住我。事后，母亲为这件糟蹋了的破棉袄可惜了好长时间，直到给我讲这个故事还在埋怨二哥二姐。至于坐月子，说是休养一个月，没有过十天，就得自己下炕熬米汤、洗尿布。我们村里还有那些叫"路君""地生"的人，大多是母亲走在路上或者在地里干活时生的。有一个叫"雨花"的女孩生在大雨地里，母亲用衣襟搂着孩子回到家，洗孩子的泥水倒了好几盆。我觉得女人的生育条件和男人对生育的态度，最能代表一个时代的文明水平。

母亲对我说："那坐月子，说是坐，也得起来活动。我生你们几个，炕上躺下没有过三天的。过上四五天，米汤都是自己熬，稀了稠了，冷了滚（陕北土话即热）了，自己做的没说的没怨的。"话是给儿子说，其实是要媳妇听，冰雪聪明的春芳怎能听不出这话外话。

环境不好，吃不好，睡不好，一个月子，春芳的心情极其恶劣，不知掉了多少眼泪。我嘴上不说，心里却怪她难伺候，心想是个女人哪有不生孩子的，生孩子就是身为女人的必修课，天经地义。唯有我的老婆多事、娇气。心有不爽，态度就有不睦，言语就有流露。总之，一个月子里夫妻俩时有龃龉。也就是今年，我的女儿到了三十岁的时候，我才知道这个世界上有一种病叫"产后抑郁"，是产后雌激素急剧下降所致。女人更年期综合征就是雌激素下降的原因。

出血过多、身体虚弱、轻度抑郁、营养不足、睡眠不良，回想妻子坐月子前后的点点滴滴，我的懊悔真是无以言表！在妻子最虚弱、最敏感、最无助的时候，我并没有给予她足够的理解体恤、温暖和力量，缺憾此生无以弥补。

今天，我的两个女儿都已结婚成家，将要成为母亲，将要经历作为女人必然要经历的生育的考验。我知道，即使世上所有的女人都会经历生育的痛苦，它丝毫不能减轻、不能代替我女儿的痛苦。我只能祈愿我的女儿坚强，我的女婿不要像我一样无知。

今年女儿三十岁了，写下她出生的故事原本是想让她知道母亲生育她的不易，记住自己的生命几乎是母亲用生命换来的。没想到回忆成了我自己痛苦的反思，最该教育的其实是我自己。

好在，时代进步了。

2019 年秋

我与房子

我对房子重要性的认识，始于第一次见丈母娘。

　　"你和我女儿互相愿意，我也没说的，只是结婚叫成家，你的家在哪里？"

　　说这话时，未来的丈母娘盘腿坐在床上缝补衣裳，眼睛从眼镜框上边盯着我，白多黑少，吊在颧骨上的近视镜看上去深不可测。

　　我知道她问的"家"的含义是房子，结婚的婚房。在我谈婚论嫁的那个年代，有没有房子是找对象的首要条件，家有房三间，胜过县长爹。

　　"现在没有，将来肯定会有的。"

　　"你是现在结婚，还是将来结婚？"

如果你不准备将来结婚，那么你现在得有房子，这个逻辑很严密，无隙可乘。能不能和自己爱的人成一个家，得有一个房子，房子是家的前提，房子是安顿爱的地方，这没错。

从此，我开始关注房子，了解与房子有关的一切信息。

八十年代没有房地产市场，但开始允许建私房，人们和城郊的生产队买地皮自己建。根据地段，买一间房的地基五百元左右，但凡修房子，地基至少需要两间。我一个月工资四十八元，一年六百元，自己吃饭穿衣，还要给母亲生活费，一月赶不上一月花。就算不吃不喝攒上两年，买上两间房的地基，还要盖成房呀，地基只是房子造价的四分之一。

一番调查研究，结论是：结婚只能是将来的事了。

承蒙岳母开恩，同意把结婚与房子的次序改一下：先结婚，后建房。

1986年12月1日，经过五年漫长的恋爱，我结婚了。婚房就是女朋友在神木二中的办公室。当时，女朋友在神木二中工作，与另一位女老师合住，宿办合一。我们俩结婚没有地方，合住的那位女老师刘云萍慷慨承让，自己找了个临时办公的地方。

办公室在二层最东边，窑洞上面修的薄壳窑，不到十平方米，一盘大炕占了多一半，地下临窗放公家的办公桌，自己置办的沙发放左边，妻子陪嫁的衣柜、写字台放右边，一个平柜没地方放，只好上了炕，放在炕的左边，占了炕的三分之一。家里唯一的电器是屋顶的灯泡，还是公家的。

公家的房，自己的家，这个只能住不能开火做饭的家带给我们初婚的温馨、甜蜜。甜蜜了半年，妻子怀孕了。在要与不要孩子的问题上我俩产生严重矛盾，矛盾的焦点就是房子。

"孩子生在哪里?"妻子一次次问我。

"世界上没房子的人就不生孩子了?"我的反诘似乎义正辞严。

但现实比嘴更硬，我也不是傻子，先不说在哪里养育孩子，就说在哪里坐月子都成了迫在眉睫的大问题，总不至于屎毡毡、尿毯毯给人家学校老师办公的地方晾出一楼道。

八十年代，神木县城有多余房子出租的人家太少太少了，老城里的四合院里会有一间半间南房出租，贵且不说，南房又阴又冷怎么可以坐月子? 预产期偏偏就在冬天。

因为没有房子，差点儿连我的宝贝女儿都没让出生。

那一年，我对神木县房产状况的调查研究到了半专业化的水平，调查研究的最终结论是：在神木县我要修建两间房子，至少奋斗十年。眼前要租一个合适的房子就两个字：没有。

有一个机会我可以调到榆林，几乎是不假思索就决定到榆林。

那时候神木到榆林坐公共车要走差不多五个小时，而我舍近求远，不惜两地分居，最主要的原因是榆林比神木容易搞到房子。在榆林，单位修建福利房很普遍，况且我要去的是榆林地区行政公署，行署已经在东山建了一片家属房，家属房的东边还有一个高台空着，迟早要建家属房。冲着东山那片空地，我义无反顾地在妻子怀孕四个月的时候调到榆林。

公元1987年，我人生最大的理想、最宏伟的目标、甚至活着的目的就是房子。

到新单位，不说了解业务，也不说熟悉同事，只说怎么在榆林有房子。

榆林行署在东山的空地有指望，但肚子里的孩子等不住。我了解到已经建好的房子全部分配到人，但因为这个地方离榆林市区远，很多市区有房的人不到这里住，所以空房很多。

每天下班，我就到东山家属区，一个大门缝挨一个大门缝往里瞅，只要在大门缝外边看见院子里长草，我就记下门牌号，调查主人是谁，有没有租住的机会。

功夫不负有心人，终于调查到4排68号主人白少斌在大柳塔华能精煤公司安检处工作，他妻子在榆林师范学校当老师，家安在榆师的家属院，这个房子暂时不用。白少斌原来在榆林地区煤炭局工作，我就找煤炭局的熟人，通过熟人再

196

找白少斌的朋友，通过白少斌的朋友找到白少斌。我还没见白少斌，房子钥匙就到了手，租金好说歹说不要，连价钱都不跟你谈。

难忘白少斌，在我最困难的时候伸出援手，而这个被帮助的人他当时并不认识。

一个夏日的午后，夕阳把城墙镶了一道金边。我打开坐落在榆林东城墙外的白少斌家的大门，进了小院子，两孔砖窑洞坐北向南，家里有厨房，有储藏间，有客厅，有卧室。

哈哈，房子这就有了吗？在一个秋阳西沉、鸟稀人静的下午，站在这个温馨的小院子里，恍如梦中。

1988年秋天，我们一家人住进了榆林东山行署家属院东四排第二户，门牌是"兴中路68号"。尽管房子是人家的，但家确确实实是我的。唯一的缺陷是上厕所要到五排后边的公厕，早上倒尿盆得起早，怕遇见人尴尬。晚上妻子去厕所，不管我有没有需要都得去，保持隔墙有耳。也有好处，因为上厕所，认识了不同单位的左邻右舍，听来好多小道消息，比如东边的空地什么时候修建家属房，什么条件的人可以修，就是在这里听来的，这个地方人们说话不遮掩。

1989年春，东边的空地开始修家属院，我是单位里第一个报名要房的人。那时候修的家属房都是平房，有的是砖券薄壳窑洞，有的是水泥楼板房。尽管还不知道自己的房子在哪排哪号，但只要一有空，我就会到工地上看一圈。

从春到冬，一天天看着地基做起了，墙起了，过顶了，开始做院墙了。我先是站在比家属房更高的东边俯瞰，然后再一排一排挨家挨户细看，从南到北五排，东四户西三户，三十五户的每一户我都不止一次地到过，站在每一户也许会分给我的房子的院子里，假设是自己的家遐想一番，怎么装修，怎么布置，甚至有时候会遐想到一家三口在这个家里生活的细节。

　　1990年夏天，盼望已久的分房的日子终于到了！

　　房型分别为薄壳窑洞两孔、三孔、楼板房三间三种房型。按经济实力，我要两孔窑洞比较合适，只要四千五百元。三孔窑洞六千元，三间楼板房七千九百元。我最终决定要三间楼板房，为此和妻子反复商量了差不多一个月，最后决定要楼板房是因为楼板房比窑洞要先进时尚，总体上楼板房的位置要比窑洞好，再说买房置产是百年大计，克服眼前的困难一步到位比较好。

　　可是，克服这七千九百元的困难，比制订百年大计还难。

　　1990年以前，我俩的工资加起来不足一百八十元，从1989年开始，工资一发储存一百元买房钱，每个月孩子的奶粉二十元、保姆费二十元、母亲的生活费二十元雷打不动，留给我们的生活费不到二十元。如此节衣缩食，到交房钱，自己只有不到二千元，够四分之一，另外四分之三要靠借，可是在那个工资普遍百元以下、千元是巨款的年

198

代，谁有余钱可借？

关键时刻，岳母出手救急给了二千元，剩下的四千元摊派给二哥、二姐、孩子的大舅。经过一番分析研究，确定这三个人是当时的"有钱人"，舍得为我们"割肉"是更重要的因素。

凑够了买房钱，真正能够住进去，至少还得二千元。房子是个"毛坯"，墙是素的，地是红砖铺的，厨房、卫生间都得重新装修。关键是取暖，如果仍用火炉，客厅、两个卧室、厨房、卫生间，得安五个火炉。那时榆林还没有集中供暖一说，有大房子的人家都是自己烧小锅炉供暖，俗称"土暖气"，我们也得安"土暖气"，安一套土暖气，炉子、管道、暖气片至少五百元。总之，具备在这个房子里生活，至少还得两千多元。

分房抓阄在榆林行署办公室的房产科进行，人们一个个脸红扑扑的，像刚刚散了一场宴席。我是又紧张又兴奋，紧张大于兴奋，因为没有人比我更清楚这片房子位置的优劣，所以分外在意抓阄的手气。当我展开纸团看见用毛笔写着"东三排第二户"，脑子里马上就想到房子的位置与样子，一颗悬着的心落了地，不是我最想要的位置，但也不是我担心抓到的位置。

给妻子汇报时就成了位置最好！东边，紫气东来；居中，众星拱月。妻子听了特别高兴，当天中午下班连饭都没顾上做，夫妻俩就到即将成为自己的家里看了一趟。

正午的阳光照着崭新的院落，坐北向南三间大房，一进两开，中间客厅两边卧室，房子后边少半部分是厨房、餐厅、储藏间。有卫生间，但既无马桶又无热水，只有一个水龙头。院子足足有一百平方米，进大门右手是一个独眼蹲坑的旱厕，不用夫妻双双到外面上公厕了。我想着房子怎么装修，妻子谋划院子哪里种花，哪里种菜。那时候还没有"愿景"这个词，现在回想起来，那时我们夫妻俩就是站在自己的院子里构想生活的愿景，构想得久久不愿离开，恨不得当天愿景就变成实景。

走出巷子，发现也有人在看自己的房子，有的还带来老人、孩子，欢声笑语溢满院落，从巷道里奔涌而出。

从1990年开始，我们每个月雷打不动从工资里拿出二百元备装修房子的材料。尽管两个人工资都有上涨，合起来也就是二百六十元左右。为了省钱，把看孩子的保姆也辞了。水泥、沙子、砖、木料、玻璃，每月有多少钱就备多少，为了省钱，想各种办法，找各种关系。直到第二年春天，材料才大体备全。备材料的过程，发现左邻右舍都修南粮房，既扩大了一间房，还加高了南院墙有利于安全，一举两得。我们也决定修南粮房，又得增加一千元的投资。

就是这一千元，生生把我逼成了省、地、县各种报纸的撰稿人、通讯员，三五百字的报道，千数字的言论，还有一句话新闻，稿费是三元五元十元八元，贴补生活，不至于揭不开锅，整钱都修房子了。

1991年春天，春暖花开的时节，装修房子的工程开工。

改结构、铺地板、改窗户、做家具、修粮房、铺院子，每天都要有三到五位工人，最多时有七八位。我们俩一边上班，一边支应，妻子每天三餐，我要随时准备下街买东西。那时候从东山骑自行车到榆林街上买东西直上直下一道三公里的长坡，来回一趟最快一个小时。有时候一天要下去四五趟，下山飞快，上山推车爬坡异常吃力。

一有空，我就打下手当小工。粮房的保温层用了一拖拉机的炉灰渣，用大铁锹从地上翻到二层架板，再从二层架板翻上房顶，我一个中午就干完，连农民工都佩服得竖大拇指。为了自己的房子，我浑身有使不完的劲。因为每天干粗活，脸黑手糙，晚上从脚上脱下丝袜子黏在手上放不到炕上。

经过半年艰苦卓绝的劳作，入秋，房子装修完工。

原本应该晾一两个月再搬，实在是等不及了，热乎乎的心不在乎潮乎乎的家。住在新家的第一天早晨起来，一家三口放在炕头的三双鞋，留下三个大小迥异湿湿的鞋印，水干印灭，我和妻子却留下了不可磨灭的记忆。

在我结婚五年以后，我的孩子三岁的时候，我的家终于安放在自己的房子里。

十年以后，我们卖掉了这所原本打算住一辈子的房子。交给新房主钥匙，离开家的那一刻妻子哭了。这所房子倾注了我们夫妻太多的心血，寄寓了太多的憧憬。从房子到院子，每一个角落，都有妻子打理的痕迹，每一样东西都似乎被女儿的小手摸过，满屋子都弥漫着亲人的味道。房子卖了原价的五倍还多，但房子能承载亲情，储藏记忆，钱不能。

　　此后几十年，只要去榆林，我和妻子总会挤出时间去这个曾经的家看看。有五年没去了，不知房子还在不在？

　　1992年邓小平南方谈话发表，榆林地区出台了鼓励党政事业单位干部下海经商的政策，规定可以留薪留职经商办企业，随时可以"上岸"回原单位上班。

　　为了还清买房欠债，我决定"下海"，向单位打了留薪留职三年的报告。心想，即使赚不到钱，就算上了三年的商科研究生。哪想到这一脚迈出去，竟然走上了另外一条道路。因为生意的关系，我走进了在大柳塔的华能精煤神府公司。

　　这个新兴的现代化大型煤炭企业给我印象最深的是人家住的房子。在大柳塔，我人生第一次见到了住宅楼，走进了单元房，这样的房子里有卫生间，有二十四小时不间断的热水，二十四小时不间断的煤气，二十四小时供暖（冬天）。我榆林的房子，做饭要烧炭，上厕所要到院子里，洗澡要大锅烧水，土暖气等于把锅炉房安在家里，既不卫生，又浪费煤，还不暖。这一对比，我有三间房的自豪感荡然无存。

1995年，华能精煤神府公司子弟学校准备招聘校长，我师范毕业又有过五年从事教育的经历，所以毅然向公司领导申请，调到这里可以住好房子是最大的动力。

几经周折，1995年开学，我成了校长，尽管校长只是个科级，但可以分到房子，这我早已调查好了。

1997年冬天，我们一家人如愿住进北区7号楼401房，三室一厅七十九平方米，两个女儿有了单独的卧室，和父母分床睡。最最关键的是有了一间单独的书房，我看书，大女儿做作业都是进书房，门一关外面的喧嚣进不去，里面的宁静跑不了。

住在这个房子里随时可以点火做饭，随时可以在家里上厕所，每天可以洗澡。

这一年二女儿四岁了，一开始死活不爱洗澡，后来洗上了瘾，每天洗，泡在澡盆不出来，一边泡，一边唱，几乎每次洗澡都要把会唱的歌唱一遍。

时间进入二十一世纪，我调到内蒙古工作。2007年在首府呼和浩特的繁华地段买到一套商品房，站在客厅，可俯瞰公园，身居书房可遥望大青山。楼层好，有电梯，田园风格装修。

搬新家的这天，日记是这样写的："今天搬入新家，在自治区首府呼和浩特最好的地段有了我自己的家。我出生在

203

陕西省神木县花石崖乡高念文村，我的老家是爷爷土改时分的一孔土窑洞，据说这孔窑是我们的立祖高念文住过的，大约有五百年的历史。这个有五百岁的老窑使用面积也就是十五平方米左右，一半是大炕，不到七平方米的炕经常要睡五六个人。地下的五分之一是锅台，其余的地方是放米面腌酸菜的大黑瓷缸，家里最值钱的就是瓷缸。我做梦都梦不来能住上今天这样的房子，当珍惜，珍惜，珍惜呀！"

我刚住进这个房子的时候，周围非常空旷，青城华府的两栋楼鹤立鸡群，一眼望去，楼的前后左右是一片片低矮的住宅群。一天天，眼见着老旧的小区拆了，一座座高楼拔地而起，现在四面望去都是楼群。站在我们家的阳台瞭望，我经常会想，这些住在高楼大厦里的人，有多少人与我一样命运与房子紧密相连？

2019 年 4 月 17 日于内师大盛乐校区

人生初见

我现在工作的内蒙古师范大学，是我一生工作的第九个单位，大概也是最后一个了。青春落幕，白发丛生，人生若一叶破舟从水天相接处摇摇晃晃驶来，入港停泊指日可待。细数一个个从指尖滑落的日子，记忆总是定格在刚刚参加工作的第一个单位里的那些人那些事。

　　1981年，我从榆林师范学校毕业分配到神木县教育局教学研究室，一个只有十八个人的小单位。说起这个单位，有人说风水特别好，例证是邢向东、梁永平、高云峰。邢向东现在是陕西师范大学文学院教授、国内知名语言学家、长江学者特聘教授、文学博士、博士生导师；梁永平现任山西运城学院院长、教授、教育学博士、博士生导师；高云峰现任内蒙古师范大学党委副书记、纪委书记、研究员、硕士生导师。也有人说这个单位风水不好，仅1981年调入的五人中已经有三人英年早逝：焦义民、张国善、邱林安。单位虽小人虽少，但把他们的故事一一说来是一个长篇的容量。就说说我与运气最差和最好的诸位同事的故事。

我人生的第一份工作是小学语文教研员，小教语文组的组长是焦义民老师，我们俩宿办合一的办公室相邻，他七号我八号，有时他晚上打呼噜我都能听见。1981年，焦义民老师在全县民办教师转正考试中获第一名，不仅转了正同时选拔到教研室搞小学教学研究，由神木县最南端的贺家川学区调到县城工作。备受组织恩宠的焦老师工作热情万丈高，恰逢78版小学教材开始全面试行，这是比十一届三中全会都要早的改革创举，正是这套小学语文教材第一次提出了"教是为了不教"的培养学生自学能力的先进理念，并且创造性地将小学语文课文分为讲读课文、阅读课文、独立阅读课文。被称为第一类课文的讲读课要求教师精讲，俗称"扶"；第二类课文阅读课要求在教师的引导下阅读理解，俗称"半扶半放"；第三类独立阅读课要求学生运用第一、二类课文中学到的分析、理解方法，独立地学习课文，俗称"全放"，以此来达到培养自学能力的目的。可是，刚刚接触新教材的老师们既不理解编写意图，又掌握不了从扶到放的度。焦老师领着我，在城内的城关、北关、南关三所小学一遍遍地听课，无数次地评课。为了准确理解编写意图，他把当时小学语文编写组组长袁微子写的《小学语文教材编写说明》和《小学语文课文类型研究》反复阅读，在他的逼迫下，一万多字的"编写说明"我几乎可以背诵下来。焦老师还把"三类课文"的教法编写成讲稿，到县广播站作专题讲座。几乎有半个月的时间，每天晚上都有半个小时的时间由县教育局教研室的焦义民老师讲小学语文课怎么上，这是神木县广播站的创举，更是神木县教育史上的创举。这还不算，他又鼓动我给上三类课文的"示范课"，用实例告诉老师们怎么"扶"、怎么"半扶"、怎么"全放"。我是一个刚出校门毫无教学经验的新兵怎敢造次？架不住焦老师连夸带哄，加之我初生牛犊，居然应承示教。

示讲课文选取的是五年级第十册的重点讲读课《飞夺泸定桥》，要求在同一课文的三节课中体现"扶""半扶""放"，而难点在于扶放度的把握。这对于一个刚刚中师毕业毫无教学经验的十九岁的小伙子，挑战可想而知。焦老师是导演，我是演员，后来还请来南关小学的校长马志超担纲特别顾问。1981年冬天的一个星期六，在城关小学的一个五年级的教室，来自县城三所小学的领导、老师坐了满满一教室，听课的老师至少是学生的二倍。

三十五年过去了，那天上"示范课"的情景历历在目。尽管是隆冬季节，教室里的气氛异常紧张热烈，学生老师都没有经见过这样的大阵仗。总导演焦义民坐在下面头上汗津津的，一边做记录，一边做录音，一会儿看表，一会儿使眼色、做手势，比讲课的人还忙碌紧张。学生们非常可爱，注意力集中，发言踊跃，课堂气氛活跃。第一节课完成，焦老师兴奋地对我说："很好！圆满成功！"有第一节垫底，接下来的第二节、第三节也很顺利，按照"导演"和"顾问"的设计圆满完成。

其实，这节课我上得好坏并不重要，重要的是最后的"评课"环节，好的地方就是"三类课文"应该这么讲，不好的地方就是"三类课文"不应该这么讲，我的课只是一个对照标准找差距的范例。现在我明白了那天的评课为什么没有让我参加，说我累了，去休息吧。我在休息室整整沾沾自喜了一下午，一遍遍回想讲课的过程。一直沾沾自喜到1995年，我当了校长，也搞教改示范课才醒悟过来。但是，回想走过的路，我依然感激焦义民老师，是他告诉我年轻没有失败，草根逆袭唯一的出路就是敢闯敢试敢拼。

1986年，年届四十的焦老师转行调到县政府计划委员会，辗转到了老区办，老区办下属的钢窗厂当了厂长。1995年因病去世，年仅四十九岁！回望焦老师的一生，现在的我完全可以理解他苦苦挣扎的艰辛、郁郁寡欢的心境。好在他那三个虎头虎脑的儿子发展的结果都很好，大儿子还是一个县的常务副县长，若焦老师在天有灵，一定无比自豪。

1983年，原来从事中师语文函授教学的段海林老师调走了，室里调整我去接替他，与中师数学老师张国善搭档。高中学历的张老师是中国数学学会会员，至今我不知道他做了怎样的研究、取得怎样的成果，能够进入这个由数学家组成的学会。还有一件发生在张老师身上蹊跷的事，他每年都要去西安为全省的数学函授教师讲"算术理论"。一个县里的函授老师为全省的函授教师讲培训课，张老师有这个能力已经让人不可思议，他的这个能力是谁发现的？怎么发现的？至今也是一个谜。张老师在教研室当函授教师的同时，还为榆林师范神木教学班上高等数学课。乍一看，张老师慈眉善目，不苟言笑，文静瘦弱，典型的乡村教师形象。事实上，他聪慧过人，记忆力超常，曾经把一篇从未见过的短文看一遍背下来，赢了三个窝头。

　　张老师名字叫"国善"，人确实非常善良。就是这个善良的人，1983年闯了一个大祸。这一年小学升初中的数学题是他出的，而这一年的小升初考试数学大面积泄题。一时舆论哗然，考完试的第二天教研室聚集了成百上千的家长讨说法。尽管出题包括命题、排版、印刷、保管等多个环节，泄题也有多种可能，非张老师一人包办，但张老师一人承担了全部责任，在等待组织处理的日子，巨大的压力使他彻底崩溃，原本瘦弱的身材看上去更加弱不禁风，面色青紫，眉头紧锁，吃不下饭，睡不着觉。那时，我的母亲和我住在一起，看见张老师的状况十分担忧，怕他想不开，一有机会就开导他。张老师的办公室兼住房在十号，每次上厕所都要经过我的办公室门口。那些天，他每天晚上要上几趟厕所，只要是十二点以后，一旦听见张老师的门响，母亲就会把我们的灯拉着。年轻不懂事的我，怪母亲把事情想得过于严重。

十年后，我去看望病重的张老师，他才告诉我正是母亲的灯光让他又多活了十年。1994年，五十六岁的张老师离开人世，一个聪明绝顶、胸怀奇才、善良和蔼的人走完了他坎坷跌宕的一生。

邱林安是教研室的打字员，当时的打字机是手动式的，主副铅字盘有几千个铅字，打字时从字盘拣出需要的字，"蹦"打到磙子上的蜡纸，然后用蜡纸油印，干这个活必须眼疾手快，邱林安就是一个眼疾手快的人。说话、做事都可以用眼疾手快来形容他。我们所有人写的文章最后都要经邱林安打印，久而久之，聪明伶俐悟性高的邱林安能说会道，人送外号"邱会说"。我和邱老师进行过一场豪赌，1984年春天，教研室的全体人员到二郎山脚下的丰家塔植树，中午时分完成任务后大家坐在一起小憩。邱林安忽然指着二郎山顶说："谁能在十分钟内到达二郎山迎客松的位置，我愿输五元。"我目测了一下距离，觉得十分钟上去没有一点问题，因为我每天早上从教研室院子出发爬上香炉山也就是十多分钟，而这个山远远没有香炉山高。所以，我应战。他又提高条件说："八分钟敢不敢？""敢！"看我应得斩钉截铁，他又说："五分钟怎么样？"我稍稍计算了一下，觉得拼一拼还有把握，就说："行！"段广建担保，马六缙计时，赌输赢开始！我用了四分三十八秒就到达终点，心脏差点儿从口里蹦出来。当天晚上，用赢的人民币五元买了两瓶长城大曲，咸菜伴酒，一伙子年轻人开喝。邱林安一个人差不多喝了一瓶，说是要捞回损失摊低成本！1984年，邱林安去陕西教育学院进修，回来后就转行调到神木县五金公司，一直干到副经理。可惜，1998年骑摩托出了车祸，年仅四十五岁！永远难忘和他在一起饮酒的快乐！永远难忘他的风趣幽默豁达大度！

说那三个幸运的人吧。

邢向东，1982年毕业于陕西师范大学汉语言文学专业，是改革开放后第一个分配到县里的本科生。那个年代大学生是一个比县长都要荣耀的光环，头戴光环的邢向东却谦虚低调，工作认真，服从领导。记得1982年他到教研室正是招生考试季，我们每天坐在大会议室抄写学生报名册，重新编写考生号、座位号。每天抄写八个小时，持续抄写半个多月。戴着厚厚的眼镜，头深深地埋在抄写的册子里，邢大学生干得一丝不苟，格外认真。其他工作人员都有抄错挨主任批评，只有他是零差错。工作之余，抓紧一切时间复习备考研究生。为了避免干扰，那年夏季，每天下午都要到云惠渠畔学习英语到日落。

我的办公室是北窑，他是南房，每天晚上他办公室的灯不会在十二点前熄灭。学累了，就上我的办公室两人闲聊，不吸烟，不喝茶，甚至也不喝水，海阔天空地神侃，一个小时过去了，歇好了，拍屁股走人。我的办公桌上方贴着"闲谈不过五分钟"，对于他来说那就是一个词条。1983年，邢向东如愿考上了内蒙古师范大学汉文系现代汉语专业词汇、语法方向研究生，师从马国凡先生。是改革开放后神木县考上的第一个研究生，一城不知半城知，不认识人也一定会听说邢向东这个名字，认识他爸的人则会津津乐道邢加治的二小子如何如何。熟识的人见了"二旦"（邢向东的小名）都称"邢研究生"。收到研究生录取通知书的第二天，一大帮哥们在县剧团门口一个简陋的小饭馆举行了一个隆重热烈的庆祝宴会，东家兼主持人张德亮发表了热情洋溢的讲话，末了他说："苟富贵，莫相忘。连狗都知道富贵不忘穷兄弟，人要是忘了连狗都不如啊！"弟兄们笑着附和，一饮而尽！

邢向东真的是"富贵"了，现在你在百度搜邢向东，可以获得这样的信息：陕西省哲学社会科学重点研究基地——语言资源开发研究中心主任，博士研究生导师，长江学者特聘教授。获省级以上奖十多项，著作十多部，论文一百多篇。2015年入选2014年度文化名家暨"四个一批"人才工程，2016年入选"万人计划"哲学社会科学领军人才。兼

213

任教育部中文教学指导委员会委员，国家社科基金评审委员会评审；中国语言学会常务理事，全国汉语方言学会理事，陕西省语言学会副会长。大语言学家啊！总结邢向东的成功，一切源于：志存高远，永不自满，奋斗不止。

梁永平，陕西师范大学榆林专修科化学专业毕业后分配到教研室，负责中学理科的教研工作。梁永平和邢向东一个办公室，也许是邢向东考研激发了他，自从邢向东和他一起办公，我看见他开始学习英文。每天早晨上班前会站在院子里大声诵读英语。充满活力朝气、永不疲倦是梁永平留给人们最深刻的印象。单位的工作无论分内分外、大事小事，只要领导分配，无条件地接受，全身心地投入，高效率地完成。就是同事们有事，永平总是随叫随到。那时，神木中学与教研室一墙之隔，墙上有一个三十厘米见方的孔，每天上午南郊农场的送奶女孩都要在这个孔里给教研室订奶的人送奶，只要听见姑娘"奶子"的喊声，永平总会赶紧跑到窗口替订奶的人接奶。一来二去，送奶姑娘对这个英俊潇洒、热心助人的小伙子喜欢得死去活来，据说场里分配什么工作都不干，就要做最辛苦的送奶工，直到把墙这边的小伙子送成自己的老公。

1985年梁永平提拔为神木县二中的教导副主任，1987年考上苏州大学化学课程与教学论研究生，2006年又获得西北师范大学教育学博士学位。从山西师范大学化学系总支副书记一直干到山师大研究生处处长、人事处长，运城学院副院长，2017年提拔为运城学院院长。

与邢向东、梁永平相比我的学历最低，看见人家两个大学生还那样如饥似渴地学习，为实现考上研究生的理想奋斗，我也开始奋起直追。当时有政策，工作三年考上大学，可以带薪，对于我这样的"特困户"，既能继续上学又有学费，真是再好不过！所以我把1984年参加高考作为目标，工作之余全力以赴投入复习。三个年轻人各有目标，除了工作就是学习，似乎也形成了比学赶帮的默契，比早起比晚睡，工作任务不落，自我学习不松，张弛有度，劳逸结合，再忙再累，每天下午到神中操场打一场篮球。现在想想，就是从教研室开始我养成了工作、学习、运动三不误的好习惯。人们说青春是用来奋斗的，我们三个人见证了彼此奋斗的青春。有一次，我和邢向东开玩笑说："你的青春就在我的脑海里，只要我不死你的青春就活着！"

2016年我去井冈山干部管理学院培训，要求新学员用最简洁的话介绍自己，我的介绍是："我有中师学历、大专学历、本科学历、研究生学历，正在攻读博士学历；我当过小学校长、中学校长、教育处长、专科大学党委书记，现任本科大学党委副书记。"给来自全国高校的同学留下深刻印象。我的经验是"只有学习的精彩才会有人生的精彩，只有考试的成功才会有人生的成功"。2006年，我参加内蒙古自治区"一推双考"副厅级干部选拔，全区符合条件参加考试选拔的人一千二百八十名，笔试选拔三十名，我以第九名的成绩入选。面试在三十名中选拔十五名，我又入围前十五名。考核三选一，要五名，我亦胜出。最后任命为集宁师范专科学校党委书记。不靠学习怎么可能？

人生若只如初见，在我刚刚踏入社会走上工作岗位，十分幸运地到了一个好单位，遇上一群好同事，甚至那些曾经在一个院子里生活的同事的孩子们。至今，我与他们中的大多数人都保持着联系，特别是邢向东、梁永平，三十五年来一直互相关注，互相激励，为彼此取得的每一点进步而高兴。记得2009年我在《中国教育报》上看到邢向东获得宝钢优秀教师奖，激动无比的我打电话祝贺，人家邢教授还懵懂不知。2016年开始，我自己认为梁永平升任正院长的条件已经成熟，几乎每一个月我都上一次山西省委组织部的网站，有一次涉及高校提拔的有六七十人，还没有看见一个姓梁的人，尽管心里愤愤不平，但我坚信会有的，并且把这样的信心传达给永平。2017年元月梁永平公示的第一天我就看见了，发去热情洋溢的祝贺电。我心中有一个不变的信念：天道酬勤！这个"酬"不管是酬别人还是酬自己，我更在意的是"天道"。

在教研室工作期间，母亲、弟弟和我生活在一起，正是在这里，弟弟考上大学，母亲度过了她一生最愉快的时光。

母亲离开我十多年了，每次梦见她都是在教研室的北窑8号。我的爱人贺春芳也是我在教研室当函授老师到花石崖中学讲课时认识的，是教研室这个简陋的小院，承载了我们无悔的青春、火热的爱情，我俩结婚已经整整三十年了。我女儿高思畅满月请客就在教研室的大会议室，今年她就要博士毕业了。

当我写这篇回忆文章的时候，我好想念那段逝去的美好时光，好想念那段时光里遇见的每一个人。

2017年2月6日于呼和浩特

点点滴滴在心头

榆林学院从1958年创办西安师范学院绥德分院算起，薪火相传六十年，经历了五个阶段的发展，今天已经是塞上著名的高等学府了。

　　1984年9月16日，我走进当时处于第三个阶段的榆林师范专科学校。从接新生的车上下来，班主任张进老师亲自领着我到了宿舍，亲手为我打开门锁。她手里拿着一串钥匙，门锁不好开着急的样子，永远定格在我的记忆中。

　　陕西教育学院招收中师起点专科学历教育的中学教师进修班，榆林籍的中文、数学两个班就设在榆林师专，我学中文，我们班叫"中进八四"，是"陕西教育学院（榆林师专）八四级中文进修班"的简称，陕西教育学院授学历，榆林师专培养人，我们自然就是榆林师专的人。校徽是白底红字的长方形小牌牌：榆林师范专科学校。我把这个牌牌自豪地别在了左胸前，过了几天，我发现别这个牌牌的就我一个人。仔细想想，这个校名的三个定语都让人骄傲不起来，榆林，本乡田地，连本乡田地都没走出去，怎能叫出息？师范，培养老师的，是一个家有二斗糠就没人干的职业；专科，虽是大学，跟本科相比却矮了一大截。所以，有同学调侃我们是"稀饭专科学校"。我和他们不一样，1981年榆师毕业，工作了二年，重新获得学习机会，格外珍惜。工作已经有了，在哪里念书都是回原单位，所以少了点虚荣，多了点实在。

学校在榆林西沙，记得当时西沙只有四个单位：师专、治沙所、三中、一八五煤田地质勘探队。语七九级1980年率先从绥德搬迁到榆林，传说他们这一级同学毕业时，为了找一个现代化的建筑作背景，纷纷跑到治沙所楼前拍照留念。当时学校西边的教学楼、实验楼还没有建成。我入学的1984年秋天，学校才最后完成了历时四年的搬迁，用苗常茂校长的话说："实现了南北胜利大会师。"会师后的学校，周围没有商店、饭馆，进城没有公交车，更没有出租车。每到周日，同学们结伙进城看电影、洗澡、买日用品，来回要步走两个多小时。平时有事进城，自行车是唯一的交通工具，学校里有自行车的只有老师，临时有事进城就去和老师借自行车。那时，自行车是贵重财产，不亚于现在的私家车。老师们宿办合一的窑洞也就十几平方米，但自行车绝不会放在室外。平时一有空，自行车擦得锃光瓦亮。也不知道为什么，我那时有那么多要进城办的事，几乎把有自行车的老师借了个遍，不止一圈。我知道老师们把自己最心爱的物件借给学生是多么的不舍，再说，进城的那道坡又坑洼又长。为了缓解老师的心痛，我是这次借这个老师的，下次借那个老师的。几圈下来，深深体会到给我们教文学概论的杨希老师最好说话，出借的态度落落大方，既不问你进城干什么，又不限制你还车的时间，还亲自用钥匙把车锁打开，把车子搬到门外，把车子交到你手上时，一定会说同样一句话："咋慢点，注意安全!""注意"的发音是 zùyì。我现在自驾的车是奥迪，我有一个强烈的愿望：如果杨希老师愿意，我想开着我的奥迪车，拉上杨老师从师院到榆林城一口气打上十个来回。

师专的校园就坐落在毛乌素沙漠的边缘，东、北、西都是沙丘，每一座沙丘都高高地耸立在校园旁。爬上沙丘俯瞰校园，一排排的二层薄壳窑洞从南到北错落排列，一共有十二排。二层薄壳窑洞的西边是两栋灰色的四层楼，一前一后，一栋教学楼，一栋实验楼，南北走廊，东西教室。两栋楼每层的南边是阶梯教室，第四层有阶梯教室的部分，楼顶格外高出近二米。远远望去，两栋楼酷似两艘沙海中向南行驶的轮船。我们中进八四几乎所有的课都是和中文八四的小师弟师妹们在第一艘"轮船"的第四层阶梯教室里上。王雁、李耀先、王玉葆、张进、赵迪奉、肖戈、李建中、马焕成、马世平、陈出新、张弘……几乎所有的老师都给我们留下极其深刻的印象！现在我在大学工作，偶尔也进课堂听课，看年轻老师一节课从头到尾不停地念PPT，怎么也觉得不如我的老师们手里只持一本书，甚至只拿一支粉笔干崩硬讲带劲。

对我而言，李震、刘政是两位对我有特别影响的老师。八十年代是一个百废待兴的年代，也是一个思想解放、百花齐放的年代。我尊敬的一位师专老师说：李震、刘政的性格，就是八十年代的时代性格。

1984年，年仅二十一岁的李震老师陕师大中文系毕业分配到师专任教，第二年接替杨希老师教文学概论。当时，我们的文论教材还是老版的，李老师把教材扔在一边，大讲"文学就是人学"，极力推崇"文艺美学"。正是李老师，让我知道了黑格尔，知道了王朝闻、朱光潜、李泽厚，知道了文学除了阶级性以外还有人性，还有美。一本一本去读他们的著作，一步一步走入一个未知的世界，由一个爱看故事，追逐情节的读者，变成一个爱在故事中探索人性，在情节中品味美的文艺青年。从此，目光不仅看见，还能看到，因为看到，人生有了更多的滋味。而李震老师年少才丰，博学多识，思维活跃，本身就是我们的"活教材"，从他的人和他的课学到的一样多。

上写作课的刘政老师思想超前，观念新颖，神采飞扬，激情四射，每一节课都座无虚席。我印象深刻的是有一节课刘老师专门讲"散文不能虚构"，从散文的文体特点、写作对象以及散文发展的生命力诸方面论证了散文不能虚构的道理。也许是刘政老师严密雄辩的论证征服了我，我觉得刘老师的观点太正确了。散文不能虚构的理念影响了我一生，我写散文，无论人或事，情或景，坚持不虚构，在素材取舍上下功夫，在细节描写上用心思，我把自己的写作称为"写实性创作"。喜欢我文章的人表示，就因为那点真吸引人，那点实感动人。

师专毕业后我参加了西北大学汉语言文学本科自学考试，毕业论文选题就是"论散文的真实与虚构"，更加全面地发挥延伸了刘老师的观点。记得主持我论文答辩的是西北大学文艺理论教授、文学评论家刘建勋先生。原本十五分钟的答辩，进行了近四十分钟，考生对专家的答辩变成了考生与专家的辩论，而且是一对五。原以为专家们提出那么多问题，我在辩论中言辞也有点激烈，心想论文肯定歇菜了，没想到不仅通过，还获得优秀等级。宣布完结果，刘建勋教授特别问到我专科毕业于哪里？我骄傲地告诉他："榆林师专。"并且特别告诉刘教授，我的写作老师是刘政，散文不能虚构是我们老师的观点。

2013年我到云南师范大学考察，走进西南联大的旧址，我想到了坐落在毛乌素沙漠中的榆林师专，我的简陋的母校。豁然觉得对"大学者非有大楼之谓也，而有大师之谓也"有了最为清晰的理解，有好老师的学校才是真正的好学校。

1985年，贾永雄老师从陕师大毕业分配到师专，接替张进老师当我们班的班主任，为我们上当代文学课。年仅二十岁的贾老师比我们班年龄最小的同学还小两岁。正是这种亦师亦弟的特殊关系，反倒使贾老师和我们走得特别近，关系特别亲。学校的北边有沙海子，每到夏天的周日，同学们就去那里游泳，不知从哪一天开始，但凡周日游泳就会叫上贾老师。没有女生，也没有泳衣泳裤，去了湖边就脱个精光，游个畅快。游累了躺在沙丘上，用沙子把根子一埋，山南海北神聊。去年，我们中进八四建立了微信群，贾老师还是"班主任"，喜欢在群里晒他的书法，大草，"仿毛体"。平心而论，贾老师的字写得真好。一放在中进八四微信群，点赞一片，叫好不绝！在中进八四的心目中，世界上最好的书法家名字叫贾永雄！

学校是在枯燥的沙漠里，但文化生活并不枯燥，各种体育比赛、演出活动此起彼伏，露天电影、青春舞会每周都有。尽管跳舞时音乐里会飘着一股酸菜味（白天饭堂，晚上舞场），但你会觉得跳舞时的酸菜味特别醉人！以至于我落下了一吃酸菜就想跳舞的病根。学校的社团有十几个，榆溪书社、北斗诗社、集邮协会、演讲团等等。每一个学生社团都有老师做顾问，我参加的演讲团，聘请的顾问居然是校长苗常茂、副校长李文芝，北斗诗社的社长干脆就是刘亚丽老师。因为参加诗社，知道了舒婷、北岛、江河、杨炼，知道了朦胧诗、意识流，也是因为参加了诗社，结识了不在一个班但爱诗写诗的尚飞鹏、高晓定、焦炜、王淑玲……后来，亚丽老师成了著名的女诗人，每有她的诗作发表，我只要看到，都会一遍遍地反复读。都在一个社里待过，人家能写出来，我怎么连读都读不懂，心里不服！

校学生会办了一张蜡刻油印小报《校园生活》，相当于学生会的"机关报"。我给投了一篇题为《校园剪影》的散文被采用，因为油印质量不好，这篇原本只有一千多字的小文有三百多字模糊不清，三分之一的内容就不知道写了啥，更为严重的是作者姓名百分之百看不清，三个字都模糊。为此，我专门找学生会主席朱序仁提意见。结果，朱主席把我任命成主编，有一点儿嫌我们办的不好你来的意思。我来就我来，我又招引刘巨广、贺文智、曹建标、高艳霞做编委，王馨、李竹亚美术设计，每月一期，办起了"月报"。蜡版刻写是给我们教现代汉语的马世平老师，马老师忙不过来就刘巨广、贺文智上手。我们经手后，油印质量显著提高，最起码刚刚拿到手一两天能看清，过一个礼拜保不住也会模糊不清。捧读我们的小报，内容丰富，贴近生活，味道好（油墨喷香）、感染力强（看完手上、脸上全是黑）。那时候经常给《校园生活》写稿的人现在看，还都挺有出息，李治山、云兴华、李艾平、蒋峰荣、徐生伟、丁宁……曹建标编委思维活跃，多才多艺，既编又写，既策划又创意，一会儿真名曹建标，一会儿笔名"盼盼"，生生把《校园生活》办成"文艺报"，偏离了学生会"机关报"的大方向。朱主席不同意，高主编控制，曹编委很郁闷。那时，我就懵懂领悟到意识形态的领导权、话语权有多么重要！曹建标现在是中央电视台的编导，地位再高，成就再大，也是从榆林师专又香又黑的《校园生活》起步的。

我们常说对一个地方有感情，其实是对这个地方的人有感情；常说怀念这个地方，其实是怀念这个地方曾经遇到的人。我对母校榆林学院充满感情，我常常会怀念这个我生命中十分重要的地方，因为那里有我敬爱的老师，有过我青春年少时结识的许多同学。

最后我想说的是，在榆林师专上学期间，我追求到了自己的爱人——师专物七九的一位"师姐"。上师专之前，我的追求毫无希望，毕业那年，我们结婚了！也许，是师专使我更有档次，更有魅力！至少，字写得比原来漂亮，情书写得比原来动人。

2018年6月于内蒙古师范大学盛乐校区

鸽哨，响过蓝天

正是桃杏树绽苞吐芳的时节，我们来到了神木县第二中学实习。

真让人遂心，我的指导老师是全区有名的中学语文教师高树森，而且我就和他住在一起。

高老师的办公室兼卧室在北楼二层，总务主任亲自帮我搬进新居。临走时，他忽然像想起一件什么重要事情一般，把我领到面南的阳台上，指着一个精致的鸽笼对我说："对鸽子，一定要爱护啊！"

对种花养鸟，我没有一点兴趣，所以见他这样郑重其事地关照，不觉有点滑稽。

刚把随身行装收拾好，就听到校长叫我。

"你和高树森老师住在一起?"

"嗯。"

"他有一对鸽子……"

又是鸽子。我打断他的话说:"知道了,总务主任已关照过我。"

"这就好,高老师有三十几年的教学经验,知识渊博,治学态度严谨,教学上有一套独到且行之有效的方法。他做你的指导老师,你会有收获的。日常生活中,也希望你能为他多做些事。

"找你来,主要是关照你爱护高老师的鸽子,他每天早饭都放飞鸽子,放飞鸽子时,你不要打搅他。"

真怪! 来了半天,还没见着这位大名鼎鼎的高老师,关于他的鸽子,倒有两位领导郑重其事地给我说起,反而引起我对他那鸽子的兴趣。

鸽子是一对最常见的小白鸽,红扑扑的嘴,红扑扑的爪子,黑溜溜的眼睛,盯着它们看时,它们也友善地盯着我,咕咕地叫着,一点儿也不怕生,真是一对让人生怜的小生灵呢!

我从包里掏出夹心面包喂它们,正喂时,鸽子忽然不吃了,抬起头咕咕叫着,翅膀扑扑直扇。

透过玻璃窗,见一位两鬓染霜、身材高大的老人,腋下携一摞作文本,步履沉缓地从廊道里走来。他进屋放下手上的东西，径直走到阳台上来，鸽子扑棱扑棱地往他怀里钻，他伸出双手亲昵地捧着，像慈祥的老爷爷抚摸扑进他怀里的小孙子一样温情。

"您是高老师吧，我是新来的实习生。"

他微笑地点了一下头，算与我这位新到的将要同他在一个屋里生活的人打过了招呼，然后像一个刚做母亲的少妇回家哺乳她的婴儿一样，动作笨拙、神情殷切地给他的鸽子饮水喂食去了，他长久地伫立在鸽笼边，看着鸽子将撒给它们的小米一粒一粒啄完，眼神中流露出满满的爱意。

太阳西斜，蓝天依旧澄澈如洗，一吃过下午饭，我就来到阳台上，怀着企盼的心情，等着那放飞鸽子的时刻。好奇本是人的天性，何况我这样一个既不安分又不谙世事的大学生呢。

真美！站在阳台上环顾四周，一切美景尽收眼底。学校的东面和北面青山环合，南面望去，近处屋舍俨然，高楼、水塔、烟囱鳞次栉比，群山层峦叠嶂。奔流的野马河畔浮翠流丹，漠漠水田、红杏闹春，一片画境诗天。极目远眺，大漠孤烟下，古长城残垣与烽火台遗迹萧疏满眼……

呵，在这样壮美的风光里，向蓝天放飞洁白的鸽子，确实颇有旨趣。

高老师走上阳台，夕阳映上他白色的鬓发，岁月的风刀霜剑在他的额头、眼角刻下一道道深深的皱纹。他的眼神中透露着长者的冷峻，高大的身材也稍显佝偻，一眼望去便知饱尝时艰。

见我在阳台上忙碌，他眯起眼定睛望着我，眼神投射着柔和的光。

他默默地打开鸽笼，给鸽子们佩上鸽哨。两只鸽子站在他的手指尖上，被他小心翼翼地捧到栏杆边。鸽子的翅膀扑扑直扇，表现出急不可耐的样子。

"飞吧!"两只鸽子应声而起，鸽哨也轻轻地呼呼地响了起来。

鸽子斜着身子，飞向西，再折向西南，划出一道优美的弧线。翅膀不停地扇动着，白色的羽毛反射着夕阳的微光，一闪一闪的。

高老师一双浓眉下深邃睿智的目光，紧紧追随飞翔着的鸽子，头微微地随鸽子绕出的弧线转。

领头的鸽子突然转弯，绕了回来，绕过我们的头顶，又毅然折向西南。显见地，飞翔的速度加快了，鸽哨响成一串悦耳的啸叫!

多么动听啊!鸽哨像一首未填词的歌曲，那明亮的音符，在蓝天下跃动，在人的胸膛里激荡起无尽的涟漪!

鸽子渐飞渐远，渐升渐高，直至变成两个小黑点，向天地相吻的地方移去，盯得久了，仿佛那两个黑点牵着你的心，让你有一种要失去什么的惶惶之感。最后，连鸽哨声也被蔚蓝色的天空消融了。

高老师一动不动地站着，眼睛紧紧盯着苍茫的渺无边际的南方，仿佛依然能看得见那两只鸽子翅膀的扇动。这高大佝偻的身躯前倾的望姿，使人想起名画《望海老人》。

太阳像一个火球，徐徐坠入沙海。蓦地，点燃了整个沙漠，西天一片赤色。

他，依然像一尊雕像，静静地伫立着，一种怅然的情愫在他的眼底漫开。

一种说不清道不明的沉重情感向我心头袭来，一扫初听鸽哨时的欢快、愉悦。我也默默地眺望天地相吻处那道规则的弧线，盼那两个黑点在视线里重新出现，盼那悦耳动听的鸽哨声再次响起……

西天那场大火终于熄灭了，残阳如血，留一抹淡红，在天地相接处氤氲。

足有一个钟头了吧？忽然，远方隐隐传来鸽哨声，时断时续，循声找去，两个黑点扑入视线。

"回来了!"我竟情不自禁地喊出了声。

渐渐地近了，鸽哨声越响越亮。黑点变成白点，翅膀的扇动也清晰可辨。暮色中，一对白色的精灵缓缓地向我们伫立的地方落下。

高老师伸出双手，两只鸽子不偏不倚，各自占据了一方掌心。

久别重逢，他脸上洋溢着亲切的、稚子般的笑容，目光柔和地盯着手掌上咕咕直叫的鸽子。

对两只小鸽子倾注如此深重的感情，实属难以理解。

高老师虽已年近花甲，但仍在学校承担着繁重的教学任务，能者多劳，铁一般的规律。可工作再忙，也不会挤走他和鸽子在一起的时间。定时给鸽子饮水、喂食，经常把鸽笼打扫得干干净净。做这一切时，动作迟缓、笨拙。有时，他也会停下来，怅然若失地呆呆地长久地保持着一种姿势，眼神中飘忽着隐隐的哀伤！除了大风大雨天，朝阳初升和夕阳西下的时候，他都要放飞鸽子，翘首以盼，殷切地等待鸽子归来。

住得稍久，知道了他的老伴早逝，也依稀听闻他们曾是一对恩爱的伉俪。

我明白，他不仅仅在放飞鸽子，而是放飞他遥遥的思念和内心难以排遣的孤独、寂寞。

我理解了这个老人的黄昏。

我不理解的，是他的女儿。

他那位已经工作了的，有二十三四岁年纪的女儿每星期来看望他一次。说实话，我觉得与其说她是来看望她的爸爸，不如说是来看望这鸽子的。

每次来，她是一定要给鸽子带点好吃的东西的。鸽笼再干净，她也坚持清扫。有时，她会捧起鸽子轻轻地吻，吻那

233

红扑扑的嘴、红扑扑的爪子，吻那洁白的羽毛，盈盈泪水中黑黑的瞳仁，看得人心里发酸。

尤其是放飞鸽子时，一老一少，翘盼伫立的背影，每一次都使我生出一种沉重且肃穆的情感。

这一对疼爱鸽子的奇怪父女。

两个月的实习生活要结束了。再过两天，就要告别这个景色秀丽的学校，告别这位让人尊敬而又费解的老师，尤其是要告别在我的整个实习生活中留下深刻印象的那对可爱的鸽子，还有那响彻蓝天的悦耳鸽哨声了。

可是，一件意想不到的事就在我们将要返校的前两天发生了。那天下午，放出去的鸽子没有回来。

凉风习习，夜幕早早地降临。县城里灯火辉煌，但天空却阴云密布。

阳台上，高老师依旧焦灼翘盼。

我知道，鸽子不能在夜间飞行，晚上回来是希望渺茫了。但依然由不得向黑洞洞的南天眺望，真希望骤然听到那熟悉而亲切的鸽哨声。

鸽子呀，你究竟哪里去了呢？是遭到了天敌的袭击？老鹰还是鹞子？或者别的什么？是迷失了航向还是遇到了龙卷风？各种猜测在脑海杂陈交叠。

我想安慰他，但又不知怎么说，只好眼巴巴看着他发急。

已是深夜一点了，他仍伫立在阳台上。给鸽子导航的电灯昏黄如豆，灯光下，他似乎一下子憔悴了许多。那布满皱纹的脸颊上，竟然有两行泪珠滚下……

近两个月来，我已经理解了他爱鸽如子的痴心。可为丢失一对小鸽子失魂落魄，悲伤到如此地步，也未免太过！即使亲生儿子丢失也不过如此吧？

整整一夜，他只和衣躺了一会儿，天刚微亮，又站在阳台上一动不动地翘望南方。

我把这事轻描淡写地告诉校长。没想到，校长对此极为重视，马上发动全体师生找鸽子。

这事真让人糊涂，为一位老师喂养的两只鸽子，竟然如此小题大做，兴师动众！

更让我纳闷的是，没有一位老师和同学对此提出异议，大家像完成一件重大政治任务一般郑重其事地去找那两只小鸽子。

终于，我忍不住，把自己的不解说给了另一位老师听。

这位老师对我说："这是一对不平常的鸽子啊！它是高老师的儿子生前喂养的，他壮烈牺牲在老山战场上，是特级战斗英雄，那年，他才十九岁……"

我被这个消息深深地震撼了！眼前幻化出一个俊美小伙子放飞鸽子时神采飞扬的模样！白鸽在晴空下划出一道优美的弧线，那轻轻扇动的双翅搏击着蓝天，鸽哨连成一串悦耳的啸叫。小伙子稚气的双眸追随着悦耳明亮的音符，追随着心爱的鸽子，周身散发着蓬勃的朝气……

从这一刻起，我的魂魄似乎飞上了蓝天，翘盼那白色的精灵扑入视线，盼那明亮悦耳的音符在蓝天下飘荡，在云端上回响……

1986年4月16日初稿于神木二中

音乐如水在我干涸的心田流过

一

　　一个秋日的下午，一个女孩用她委婉、动听、美妙的歌声，对我缺乏音乐细胞的灵魂进行了一次刻骨铭心的洗礼。

　　我的初中是在永兴公社三堂七年制学校读的，1973年，我读初一，这个学校叫六年级。那个秋日的下午，我正坐在学校院子里的石头台阶上看书，孙海明老师的办公室传出脚踏风琴声，这我们习以为常，每天下午他都弹奏。风琴声之后，传出一个女孩子的歌声，清脆嘹亮，这声音把校园里所有的声音都挤走了，仿佛空气也被挤走了。打乒乓球、打篮球、打羽毛球、跳绳、踢毽子的活动都停了

238

下来，教室里学习的学生也都跑到院子里。阳光格外地明媚，四周的山格外地高远，白云格外地洁白、温柔。歌声就是一道甘泉，汩汩流入我干涸的心田，甘泉所到之处，清冽、润泽、熨帖。

我的脑海里只重复一个声音：呀呀！怎么会有这么好听的歌！

歌声停了，我只记住两句歌词："日月潭碧波在心中荡漾，阿里山林涛在耳畔回响。"

这歌声就是我心中的碧波，就是我耳畔的林涛，刻骨铭心地和我的生命融为一体！我的心如一枚风中的树叶，久久不能停止颤栗！

我儿时能听到姑且称为"唱"的声音有两种：山曲和女人的哭诉。男人忧愁唱曲子，女人忧愁哭鼻子。唱如哭，哭似唱，天上有多少风，地上的人就有多少愁，天上有多少雨，地上就有多少泪，歌随风飘，泪随雨下。

昏黄的煤油灯下，母亲一边做针线，一边哼山曲："崖畔上开花崖畔上红，受苦人盼过好光景。"哼着哼着就变成了哭，泪水从眼里流，歌声从嘴里流。

山曲是我的启蒙音乐，也是苦难的记忆。

这次听到的歌，不同于以往常听的山曲，没有悲怆、忧伤，欢乐如粉红色的泉水从心底汩汩往外流淌！原来世界上有如此动听的歌声，有如此让人心旌摇荡荡气回肠熨帖心灵的旋律！这一刻，所有的苦难、委屈似乎全部被这歌声赶走了、洗刷了！

因为这歌声，第一次感到这个被叫作三堂七年制学校的地方，这个被高山环绕在瓮底的学校，竟是天堂般的梦幻、温馨！

我特别想看一眼这个女孩。同学告诉我，她是数学老师孙海明的侄女，名字叫孙晨。想见她很容易，佯装去问一道数学题就是了。可是，她的歌声把我震慑了，她已经乘着歌声羽化成仙，成了我心灵中的仙女，神秘、神圣、圣洁……

我一直傻傻地远远地望着孙老师的门。忽然，这个女孩走出门外，袅袅婷婷地向下院走去，我敛声静气地望着她，只见一件翠绿色的上衣在飘，在飘……我恍然觉得她就是刚刚听到的那首美妙的歌！

第二天，她走了，可是在这个四面环山的小学校的空谷里，在一个少年的心灵的空谷里，常常会回响起她的歌声，对于少年，这是世界上最美妙的绝唱！

二

1976 年，我在神木中学读高一。这一年，在我的记忆里，不是唐山大地震，不是伟人逝世，而是伟人逝世时播的哀乐。

学校通知下午三点有重要广播，全体学生集中到学校的大礼堂收听。

重要广播前，播放的是哀乐（我当时还不知道它的名称）。尽管还不知道播什么内容，可是哀乐的沉郁悲怆一下子让人从心底涌起一股不祥，尤其是曲中陡转临时大调，仿佛巨浪一下一下冲击你的心房。

毛主席逝世了！

这件事对于一个十四岁的中学生冲击力太大，而冲击波就是哀乐！哀乐似悲伤的潮水在祖国广袤的土地上漫过，把每一寸土地淹没，把每一个人淹没！

那些天似乎到处都是哀乐，随时都在响起哀乐，每一个角落都在响起哀乐。哀乐一起，我的脑海就不由自主地随着旋律配上了词：你——走——了，你——走——了，全国——人民——怎么办呀？

法国伟大的文学家维克多·雨果说："音乐表达的是无法用语言描述，却又不能对其保持沉默的东西。"当我读到这句话，首先想到的就是哀乐。无论是语言或者是哭诉，都难以企及哀乐所表达的哀而不伤，悲而壮美！

后来，我有机会参加一些宗教活动，我发现走进任何一个宗教场合，一定会听到别具一格的音乐，正是音乐仿佛让你走进一个神秘的心旷神怡的世界。冥冥中那个至高无上主宰的庄严、神圣在音乐中升华，信徒对圣主的崇敬、赞美、祈求通过音乐传达。

音乐就是人与神对话的语言。

三

1981 年，我师范毕业分配到神木县教育局教研室当教学研究员。因为要经常搞老师的课堂实录，单位给我配了一个砖头式的录放机。随机的录音带里有一首印度歌，歌词是印度语，听不懂，唱歌的女歌唱家是外国的还是中国的不知道，叫什么名字更不知道。但是，女歌唱家一声"阿家哩——"哩字悠扬出去仿佛上了高山，婉转回来又仿佛跌入深谷，就这一句，打中了我，浑身鸡皮疙瘩掉了一地。

一有空就听，听了多少遍，真是不可计数。

那时候教研室上下两排窑洞围成一个小院，整个院子里的人都知道我痴迷这首歌。跟着我听得多了，同事上小学初中的孩子们都会哼"阿家哩，哩——"，把"哩"拿捏得惟妙惟肖。

四十年过去了，我依然能把旋律哼哼下来。给了我极大享受的这首歌，到我写这篇短文时，依然不知道它的名字。我在百度上搜出"印度八十年代流行歌曲"，一首一首往过听。原来，印度的音乐是这样的悠扬、浪漫。我真是不想再写这磨人的文字，就听印度的歌，在这醉人的旋律中醉死算了。

听过十多首，那熟悉、亲切的旋律找到了，"阿家哩——哩——"，是印度电影《奴里》的主题歌《奴里之歌》，奴里是电影里的女主人公。歌词的第一句是："快来吧，我心上的人儿，快快来到我身边。"那时候不知道是这么动人的歌词，如果我知道歌词会更感动吗？我不知道歌词，为什么还那么感动？

"音乐表达的是无法用语言描述，却又不能对其保持沉默的东西。"我又想起雨果的话，真理重复得越多越觉得是真理。

写上面这段文字，我反复在手机里播放这首曾经抚慰过我灵魂、填补过我寂寞的歌。

请原谅我把音乐与歌唱混为一谈，我真的是不知道二者的区别究竟在哪里。

四

1991年，有一部风靡全国的电视剧《外来妹》上演，主题曲叫《我不想说》，唱这首歌的人叫杨钰莹。听到这首歌的时候，中国音乐界已经经历了八十年代流行歌曲的洗礼，我的耳朵也不再是只听过山曲和《奴里之歌》。然而，我还是被深深地震撼了！看来，我粗糙的心田实在是经不起音乐之水的抚摸。

孔子闻韶乐而"三月不知肉味"，我听过杨钰莹的歌，其他歌皆可忽略。

有一次，我走在上班的路上，忽然一个商铺里传出《我不想说》，我不由自主地站在商铺外傻傻地听完，忘了单位还有会，开会迟到了。

会后，同单位的人起哄："是不是听杨钰莹迟到了？"看来，在同事的心目中，只有杨钰莹才能让我耽误正事。

1992年，杨钰莹在中央电视台唱了《风含情水含笑》，这是我第一次看见杨钰莹的形象，歌甜人美。从此，杨钰莹成了我心中无可替代的偶像。

杨钰莹没有让我失望，一首比一首唱得好，到1993年春晚与毛宁合作演绎《心雨》，金童玉女，登峰造极。

1993年我下海经商，从神木去延安永坪拉汽油、柴油，往宁夏银川送焦炭，酷暑严寒，漫长而孤独的旅途，昼夜奔波的劳累，幸亏有杨钰莹的歌声陪伴。

因为厦门远华案件的牵涉，如日中天的杨钰莹退出歌坛，不明真相，扼腕叹息。好在，她的歌不会退出歌坛，到1997年，杨钰莹的专辑发行量突破千万，盗版更是无法统计的海量。

2005年，内蒙古准格尔旗举办首届满汉调艺术节，我在艺术节组委会，因为我力荐，杨钰莹列入被邀请的知名歌唱家名单中。在邀请到的十位歌唱家中，杨钰莹出场费最低，按照合同只唱《我不想说》一首歌。与殷秀梅、江涛、屠洪刚等大腕儿歌星同台演出，只有杨钰莹演唱时，观众掌声不息，杨钰莹加唱了《风含情水含笑》《黄金一笑》，观众仍不满足，掌声不息，欢呼不断。后台工作人员说，是经纪人拉着杨钰莹的胳膊不让上，否则，杨钰莹还会再唱一首。

热爱杨钰莹歌声的岂止我一人。

演出结束后，我陪所有的演职人员夜宵，稍微大牌点的歌唱家都要送饭去宾馆。只有杨钰莹、爱戴等少数歌唱家到了餐厅。

在餐厅我邀请杨钰莹合影，她毫不犹豫地站起来走到我身边。晚上，加之餐厅光线暗，摄影师反复拍了几次，每次她都露出灿烂的笑容。这张合影我放大成八寸，装在相框里伴随我十五年，至今仍在办公室的书架上，累了、烦了，看看杨钰莹笑眯眯的样子，宠辱皆忘。

一段时间，老婆对我把杨钰莹当作偶像，颇有微词。我告诉她，有一句话说："百善孝为首，论心不论迹，论迹寒门无孝子；万恶淫为首，论迹不论心，论心世上无好人。"你就论迹吧，再说，我对杨钰莹的热爱，与对一朵花的热爱有什么区别？

那天晚上，餐厅里的一众工作人员，看我和杨钰莹合影，要求合影的队伍马上排了有十几人。经纪人大喊："不能拍了，还没吃饭呢！"

杨钰莹笑眯眯地站在那儿，也不说话，直至配合每一个人把照拍完。

这次近距离的接触，我深切体会到了杨钰莹的善良随和，她就是一个会唱歌的乖乖女。这样一只小羊羔，在虎狼遍地的江湖，能有什么抵抗力。

钱穆先生说，文化有三个层次：物质人生，社会人生，精神人生。精神人生是最高层次，精神靠什么满足？恐怕艺术是最重要的源泉。用自己的天赋、努力给人们奉献了精神食粮的艺术家，难道不值得我们尊重爱戴吗？所以，我反对也反感把艺术家辱称"戏子"。

侄女是音乐教师，很自卑，说自己是"小三门"（体音美俗称），是副科老师，被同事家长瞧不起。

我问她："学生喜欢音乐吗？"

"特别喜欢！"

我对她说："你从事了一个学生特别喜欢的教学工作，这是你人生最大的幸福，其他皆可忽略。"

二千五百年前，伟大的教育家孔子就提出"六艺"的教学内容：礼、乐、射、御、书、数。音乐位居第二。柏拉图为"理想国"制定的教育分两部分：音乐和体育。他认为培养一个绅士，必须有音乐文化素养。东西方最伟大的两位教育先贤，对音乐在人的教化上的重要作用，认识高度一致。

你无法想象你的生活中没有音乐，欢乐如何抒发，痛苦如何表达，寂寞如何慰藉，焦虑如何安静，庄严的仪式如何衬托，欢庆的气氛如何渲染！从生到死伴随我们的音乐随手拈来，婴儿时有《摇篮曲》，少年时有《花儿与少年》，交友时有《高山流水》，恋爱时有《梁祝》，忧伤时有《二泉映月》，高兴时有《步步高》，告别人世时有《哀乐》。

音乐是牵引人由粗鄙走向高雅、由野蛮走向文明的看不见的导线，是启迪智慧的清流。相对于其他艺术形式，音乐更能打动人的心灵，使人的精神得到洗礼和净化。

如果没有音乐浇灌，我的心不仅仍然粗糙，还难免粗俗。

2020年6月20日改定于内师大盛乐

想请初恋吃顿饭

也曾有过初恋，在心的深处珍藏一个亲切的名字。

四十年了，岁月的尘土掩埋了心中许多美好的东西，可有些事，却像春天的种子，在你不经意的时候破土而出。尽管年过知天命，心如止水，可是当她静立舟头，在天与海相接处御风而来，情感的浪潮依然会把坚硬如石的心淹没。

奇怪的是，浪漫过后，总有一个非常现实的俗念：请她吃顿饭！

与她相恋，是两颗孤寂的少年心在寻找慰藉中的一段邂逅。

她在省城上大学，我在她爸爸工作的学校读中师，她爸爸是我的班主任。整个读书阶段，我的身份就是贫困生。那年寒假，我没有路费回家，申请护校，护校学校给一个假期的饭票做报酬，吃饭不用愁。我收集了十位同学的借书证，一次抱回十本书，除了吃饭就是昏天黑地地在宿舍看书。

过了几天，她放假回来了，家里住不下，就和她姐姐到我们班的女生宿舍借住，与我的宿舍隔壁。每天早上六点，我准时起床长跑一万米，七点半从大门口的水房担两桶水上山上的宿舍。从水房到宿舍直线距离也就一百米，可是要直上直下一百一十九个台阶，女生根本担不上去，只能用小壶提。我担两桶就给她姐俩门口放一桶，一天的用水也就够了。

有一天，她的两位高中同学来找她玩，打扑克三缺一，就叫我去。我会打百分，她们不会，她们会捉呆子，我不会。我是男生迁就女生，就让她们教我捉呆子。规则很简单，玩了两次就学会了。有一个叫杭亚萍的女生就提议捉住谁呆子，就给谁脸上贴一个纸条，且说且把一张报纸裁成二指宽半尺长的纸条。虽说玩法简单，我比她们技巧还是差了许多。玩了一会儿，纸条有一半贴在了我的脸上，报纸花花绿绿，纸条纷乱如须，把三个女生高兴得前仰后合。贴纸条是用唾液，我的唾液都用完了，贴上去的纸条老是掉，那两个女生就说我要赖。也是玩得熟了，只要捉住我，她们干脆拿起纸条"呸呸"手起纸落就贴在了我的脸上。我的额头、两个脸颊全都贴满纸条，她实在看不下去要代我在自己的脸上贴，那两个同学坚决不干。

也是因为这次玩，我和她一下子熟了许多，那时我正自学英语，开始是有不会的问题去问，后来干脆每天固定一个小时辅导，直到她收假离开。

春天，我收到了一封信，笔迹、西安，是她写的！

我心慌得不敢打开，不敢在教室打开，不敢在宿舍打开。一口气跑到东城墙外的树林里，拣了一个树冠漂亮、树根细沙干净柔软的地方，盘腿坐下。平息了一下慌乱的心，才用舌尖舔湿信封封口，慢慢抽出那一页粉红的信纸。信和她人一样，平和、恬淡，致谢我一个假期的照顾。看文字仿佛能听见她柔和平静缓慢略带羞涩地给我说。

不到八百字的信原本明白如话，我却像研读《诗经》，反复看，似乎想从中看出"死生契阔""执子之手"。尽管没有看出我想要的深意，但从此给一个人写信，等一个人的信，成了我所有的心思。

参加工作的第一年，有了一次到省城开会的机会，那时她还在大学读书。八十年代初，没有任何通信联系的方式，我到省城要用有七八天的时间，几乎每天都去一趟她的学校，找到了她的宿舍，找到了她的教室，找到了她常去的图书馆，甚至有一次看见了她坐在教室的身影，但始终没有勇气站在她的面前。

直到临回家的前一天早上，她忽然来到我住的饭店，之前写信告诉过她大约去省城的时间和开会的地址。她告诉我，她请了一天的假，那时候大学生管得严，我不知道她是用什么理由能请准假。每一个人都会有如愿以偿的时刻，也都有愿望得偿兴奋激动的体验，你也许能体会到我这一次如愿以偿的无比激动。商量去哪里玩，我们俩不约而同：大雁塔。

这是一个阳光明媚的冬日，走在去大雁塔的路上，不再是形单影只的我，无论看什么都觉得格外明媚，天蓝了，地阔了，人也不挤了，车也不多了。

到了大雁塔，每到一处景点我都会喋喋不休地向她卖弄一番我这些天偷偷做的功课。不仅仅是大雁塔，一本《古城西安》差点儿让我翻烂，我知道我们俩会有机会一起走进书里的这些地方。

她只是笑眯眯地听我说，一边点头一边"哦，哦"，每离开一个景点都会说一句：你知道得真多！

登塔了，相随中外游客，沿着一节节旋梯盘旋而上。登临名塔，俯瞰红尘万丈的古城，心似浮云，情如红日。因了她一路上的点头，我越发张扬起来，站在唐朝的大雁塔顶，浮夸地给她即兴吟了一首七言律诗。现在想来，脸红面臊，可是，生命中能有几次这样的得意忘形呢？

夕阳西沉时，我送她回校。走在翠花路上，忽然想到交友几年了，既没送过她礼物，也没请她吃过一次饭，我现在有了工作，挣上了工资，理当慷慨一回。

我们一起走进翠花路上一家不起眼的小饭馆，我盯着墙上的菜牌从头至尾看了一遍，知道了糖醋鱼丸是最贵的一道菜，一份三元八角。"来两份糖醋鱼丸，两碗米饭。"我像念书时打饭一样，买了两份饭，拣了一桌，对坐开吃。她的胃口似乎不好，只是看我吃。我劝她吃时，才吃一小口。看我吃得狼吞虎咽，她把自己盘里的鱼丸隔一会儿夹一个给我，碗里的米饭也分一半给我。当我吃饱了，才发现她的碗里米饭还剩一半，盘里的鱼丸除了给我吃掉的，几乎全在。粗心的我这时才看到那双默默注视着我的眼睛里正有无边的潮汐涌起！一刹那，这潮水淹没了我的心。大大咧咧的我似乎到这一刻才明白：这是第一次也是最后一次与她一起吃饭。尽管那时对婚姻的认识肤浅如尘，但我们彼此都明白，我们不会走到比互相写一封朦朦胧胧的倾诉信更深的地步。

从饭馆出来，正是夕阳西沉、落日熔金的时分，整个古城都在沉入暮色中。送她回校，心中装满永诀的伤感，我不知道那条路走了多长时间，只记得挥手作别时她走入校门的背影。

往后的日子里，只要想起她，就会想起这一次饭，也不知是想到第多少回，我恍然悟到第一次请女友吃的这顿饭，犯了一个大错！为什么不用七元六角点四个菜呢？那年头，七元六角完全可以点四个像样的菜，还可以挂个紫菜汤或者鸡蛋柿子汤什么的。我们两唯一也是最后的这顿饭，因为我的土气，我的孤陋，我的笨，我吃惯了份饭的惯性，不仅毫无诗意毫无浪漫，更主要的是：也许她根本就不喜欢吃那该死的糖醋鱼丸！

从那时起，我就暗下决心：无论将来贫富贵贱荣辱，无论身在何处，一定要像像样样、气气派派地再请她吃顿饭。

大学毕业后，她在榆林的一个中学当了老师，我也在几年后调到榆林，虽然在一个城市，始终没有见过面，但我心中的愿望随着时间的推移越加强烈。有一天，我终于忍不住去了她的学校，去的路上还在反复想那顿一起吃过的饭，那一盘该死的糖醋鱼丸。想着八年不见的这个人，会是什么样子呢？刚进学校的大门，就看见前面一个少妇的背影特别像她。写到这个情节，我还真有点迟疑，谁看了都会觉得是编的，怎么可能，八年没见，一进大门就遇见了。还就是遇见了，就是她！我们互相认出了对方，都很惊讶！

她问我：来学校找谁？

找谁？心里想的是：找你呀！嘴上说出的却是："找某某同学。"

看见她挺着一个大肚子，我问：什么时候生？

她说：预产期就在这周。

那你还来学校上班呀？我几乎是大喊着说。

她十分平静地告诉我，带的是高三毕业班的数学，孩子们再有一个月就高考了，她能坚持多久算多久。

老榆中是一所依山而建的学校，进学校像朝山，一进大门就开始爬台阶，直上直下得爬一百多个台阶，到了杜斌丞图书馆才算进了校园。她挺着大肚子，往上走了十多阶就气喘吁吁，我不由自主地伸手搀扶她，这个动作太敏感，她的脸一下子通红，身体靠在边墙上，拨开我的手，连连说："不用，不用，你快去找同学吧，我慢慢上。"

"好吧，我们一起慢慢走。"我默默地跟在她的身后，直到上到图书馆，再没有说一句话，只有两个人缓缓的脚步和她一个人急促的呼吸。临别时，互相挥了挥手。

后来，也会时不时地听到她的消息，生了儿子，儿子上大学了，儿子结婚了，老父亲去世了，她当奶奶了，她退休了。日子咋就过得这么快！

四十年过去了，我做过中学教师、国企干部、行政人员、大学教授，其间还下海经过商。不知请过多少客，也说不清有多少次被人请过客。请什么人，办什么事，上什么菜，摆什么酒，那真是荤素搭配，酸甜有别，有汤有水，有主有次。面对不同的请客对象，请什么人陪，说什么话，花多少钱，那真是胸有成竹，游刃有余。

几乎成了请客专家的我，却依然没有了结埋在心底的那一点点愿望。缺憾始终在心底的某一个角落沉睡，不定什么时候就起来搅和一下，提醒你还有诺言没有兑现。想请女友吃一顿饭在别人看来是一个俗念，但正如我的母亲总是把好吃的留给我，我也想请她吃一顿好饭，让她知道我的内心始终有一个角落留给她。我的缺陷，我的笨，与生俱来，因为笨爱情走不到婚姻，因为笨人生走不到成功，也因为笨俗念变不成现实。

四十年了，我们像陌生人一样在各自的轨道上生活。我有了一个和睦的家，两个可爱的女儿也各自成了家。她呢？过得好不好，开心不开心呢？我不知道我们再坐在一起的时候，该说些什么，会说些什么？荣与辱，贫与富，成功与失败，对于已经知天命的我们，心如止水，味比水淡。至于生活的点点滴滴，人生的起起落落，甘苦心知，岂可言传？人生如流，源头清澈源尾浊，多少无奈，多少情怀，都随波逐流。

时过境迁，故人是否如故？

2020 年 1 月 16 日于盛乐

斯人已去　师范永存

暑假开始了，偌大的喧嚣的校园顿时空洞下来，走出田楼，广场上阒无一人，树叶闪着孤独的绿。恍然看见一个熟悉的面容，脸上堆满憨憨的笑容，露出白白的牙齿说："老高，老不见了。"蒙古族不会打弯的汉语。老照！照校长！我差点儿脱口而出。幻影消失了，田楼前熟悉的景象依然如故。又是一个炎炎夏日，老照离开我们已经整整一年了！

人有病　天知否

　　2016 年 12 月 12 日，下班刚进家门，工会主席打来电话，说医院体检中心通知，照校长得了肝癌，还是晚期。工会主席是女同志，电话里我都能听见她急促的呼吸。我的第一反应是不可能，一定是搞错了！一个人得这么大的病，怎么还会一直上班？怎么还会那么忙碌？上个月参加了内师大二连浩特学院新址落成典礼，前几天还去了锡林郭勒盟牧区水净化项目，每天晚上九点以后还坚持去实验室。再说了，老照怎么说也是一个科研工作者，尽管不是医学专业，但一般的医学常识应该具备呀。所以，我的决定是马上汇报校长，明天就去北京复查。

这个憨憨的老照，居然不去北京，理由既有公也有私。照校长的忙你无法想象，作为二级教授、博导，他带九个研究生、四个博士生，作为校长，分管科研、财务、联系五个学院，管三个自治区重点实验室，一个协同创新中心，承担有二个国家级、三个自治区级的重大科研项目，另外还有十八个校内外兼职。别的不说，每天在财务报销单上签字就得两个多小时。私的理由是爱人去澳大利亚了，儿子博士毕业到了关键期，不能因为自己有病影响儿子。我不知道校长以什么理由说服了他，直到12月26日终于去了北京。

三〇一医院的专家看完复检的片子，一边摇头一边说："太晚了，太晚了！不具备做手术的条件了，开点药，回家吧！"连医院都不让住。陪同去的校办的同志苦苦哀求，说我们照校长人怎么好，工作怎么忙，事业心怎么强，连续三四年都顾不上进行学校安排的体检。专家动了恻隐之心，破例收下了这个毫无治愈希望的病人。

费尽九牛二虎之力住进院，只住了七天，老照说什么也不住了。不就是输液体嘛，回呼市也能输。一来怕学校派人陪他住院太麻烦，费用大；二来怕时间一长，学生、同学、同事知道他在北京住院，会去北京看他。不愿意麻烦别人，怕麻烦人是老照性格中最突出的特点。怕麻烦学生，从来不让学生给他送什么礼呀花的，甚至贺卡都不让，更不允许学生请吃饭。他的口头禅是："不要操闲心，功夫用在正事上。"怕办公室的小干事们麻烦，常常自己把签完的文件送过去；怕小车队司机麻烦，无论公私都是自驾私车；怕安排会务的人麻烦，只要是他主持的会、他讲的话，一律不要蒙语翻译，自己蒙汉一身兼。老照就是一个书呆子，他哪里知道中国人地位高低，成功与否，谁支配谁，其实是以谁有资格麻烦谁来区分的，领导麻烦下属，老师麻烦学生那是理所当然天经地义。有机会、有资格让别人"麻烦"，对于有些人来说还是炫耀的资本。

拗不过老照，办公室的同志只好办了出院手续，退了宾馆。从照校长住院开始，学校通知他的爱人和儿子从澳大利亚回国，让亲人陪伴病重的老照。退宾馆时，办公室的同志把母子的住宿费，其中也包括老照住院前的住宿费一起结算了。照校长知道了这件事特别生气，命令妻子马上把钱给代结的人："自己看病，怎么能让公家出房费？"无奈，办公室的人只好把房费收下，把住宿票给了他爱人，老照从爱人手里抢过发票，两把撕碎扔进垃圾桶。

曾经，老照托他正在北京学习的学生代买一个录音笔，因为呼和浩特买不到他所需要的那种录音笔，被迫麻烦学生代买。学生觉得这个录音笔是工作用的，可以在科研经费中报销，顺便开了发票。接过录音笔和发票，老照说："自己家用的，不要发票。"一边说一边把发票撕了。

老照回到呼和浩特住进内蒙古肿瘤专科医院，与师大隔路相望。怕同事、学生去医院看望，以不影响治疗、休息为名，让办公室的人通知，所有的人不得去医院看望。

我让工会主席搞清病房，也不约了，直接去。肿瘤专科医院是一个只有一栋楼的医院，从大厅到电梯，从走廊到病房就没遇见一个人，上午九点多，应该是医院最繁忙的时段。我心想，这又是老照的主意，他的观点是液体哪里输都一样，怕去大医院麻烦大家。

半个月不见，老照消瘦了许多，但憨憨的笑容似乎更加生动，白白的牙齿似乎更加整齐，圆圆的脸上一双杏核眼格外有神，眼睫毛又长又匀称。我忽然发现老照是一个美男子呐，而且不戴眼镜！从小学到博士，从中国到外国，老照光是上学就二十多年，熬夜读书、看电脑、做实验是常态，而他的眼睛居然没有近视，我为自己的发现有点诧异。

老照精神状态非常好，我想着面前的这个人哪里看得出

261

来是癌症晚期。谈话的内容全是学校的工作，他的关注，他的担忧。我是又感动又心酸，老照啊，你就是个书呆子，都什么时候了，还操这些心！

有一天，老照给我打电话，电话里明显地听出了中气不足，语句不连贯，口齿不清利。也不知道他是怎么知道了学校财务处史某挪用巨额公款的事，作为分管财务的副校长，他要求承担领导责任。我告诉他，这是一个刑事案件，司法部门还在调查阶段，现在还谈不上追究谁的责任，你就安心养病吧。又过了大约一个礼拜，老照又给我打电话，还是记挂财务处的事。我告诉他，一会儿我和财务处长来你家。

照校长的家在师大北区44号楼2单元502，44号楼号称"博士楼"，是给有博士学历的人分配的。尽管当了副校长有机会换更大、更好的楼层，但怕麻烦人的老照从2004年起就一直住在这个顶楼上。房里的家具是刚住进时买的，一眼看去，这个家与门外的时代格格不入，也不像一个大学副校长、二级教授、博士生导师的家。怕他起动不便，我和处长想到他的卧室和他聊，但老照坚决不肯，让儿子和爱人扶着他来到客厅。一个多月不见，整个人脱了形，不是那满口洁白的牙齿，不是那双因为消瘦更加炯炯有神的眼睛，几乎认不出这个曾经朝夕相处的人。说话断断续续，语速尽管很慢但发音很难分辨，语言逻辑也有点混乱。但意思我完全听明白了，财务系统升级是他决定的，史某的问题出在系统升级，他是分管财务的校领导，所有的责任他承担。我注意到他说话的时候始终挺直腰板坐在沙发上。看他的样子，我们俩连一句安慰的话都说不出来，怕他坐久了劳累，赶紧告辞。从照校长的家里出来，走下楼梯，穿过北区家属院，跨过学苑街回到学校，我俩谁都没说一句话，我的胸口像堵着一块石头，嗓子噎得慌。

毕生治学为报恩

1960年，照日格图出生在内蒙古赤峰市巴林右旗巴音塔拉苏木古力古勒泰嘎查一个贫困牧民的家庭，兄妹四人，只有他上了学，姐姐、弟弟和妹妹都因为家贫上完小学或初中就辍学了。上中学开始，大队一个月给他救济七元钱，读大学、工作后读博士都是靠国家的助学金。对家乡的恩泽，对党和国家的培养，照日格图无比感恩，回报的方式就是加倍努力地学习，加倍努力地工作，加倍努力地奉献。

1978年，照日格图考上内蒙古师范大学蒙语授课的化学系，1979年内蒙古自治区拟建高水平民族大学，需要培养一批蒙汉兼通的师资，请国内一些高水平的大学代培。照日格图以班里学习最好的学生选拔到浙江大学代培，跟当时浙江大学的79级化学系的同学一起学习。由于他小学中学都是蒙语授课，汉语无论是说还是读仅是粗通，相当于汉语二年级水平吧。走进浙江大学的课堂，不仅完全要靠汉语听课写作业，也要靠汉语交流生活。更要命的是，浙大的教授大多是南方人，讲的是带有浓重方言的普通话，有的干脆就是本地方言，北方来的汉族同学听起来都吃劲，不要说他这个蒙古族。所以，照日格图在进入浙大学习的最初阶段，要把多一半的时间花在汉语学习上。他从新华书店买来从小学到中学的全套语文课本，一手课本，一手《新华字典》，利用一切时间开始自学。一个学期的苦拼，终于可以看懂书，听懂课。一年以后，不仅学习跟得上，业余活动也完全融入了班集体，浙大79级化学系的许多同学都能够清晰地回忆起照日格图篮球场上生龙活虎的样子。

1983年，照日格图顺利完成了浙大化学系的学业，分配到内蒙古师范大学化学系，开始了他的教学生涯。如虎入山林、鱼归大海，他一头扑进工作中。拨乱反正中的大学，一切还在建设中，教材不是没有，就是老旧。他就自己编写讲义，不断充实，不断修改。后来，以他的讲义为基础出版了三本书：《怎样写化学方程式》《某些概念的解释与讨论——物理化学辅导材料》《物理化学简明教程》。1992年，他在《应用化学》发表《三核钨钼簇合物对苯乙烯氧化反应的催化》，开始了他在化学催化领域的可贵探索，也就是在这期间他主持完成了有关催化的两项自治区自然科学基金研究项目。

在教学与科研的实践中，照日格图深感自身知识的不足，视野的狭窄，多次向学校申请外出进修。恰好国家教委有一个法国斯特拉斯堡大学进修的名额给了内蒙古师范大学，学校把这个名额给了照日格图。去法国就得讲法语、懂法语，他毅然抛下在呼和浩特无依无靠的妻儿，先是一年的北京语言大学法语学习，又是一年法国进修。

1994年9月15日，照日格图离开呼和浩特去法国，就在这天上午，七岁的儿子做了阑尾炎手术，下午他就坐火车到北京。北京飞巴黎的机票一个月前就订好了，一来不好改签（得去北京首都机场），二来改签公家还得多出钱，老照哪会干这种事。他眼含热泪硬着头皮与妻儿在病房告别，到火车站就打电话给医院住院部，到飞机场再打，到巴黎又打，到斯特拉斯堡大学再打。那时候没有手机，打电话要到固定公用电话亭，尤其是国外，打的是越洋电话，没出过国的人连头绪都找不到，也不知老照是怎么做到的。回忆起这段往事，老照的妻子泣不成声。

1997年，照日格图评上了副教授，也就是这一年他当上了化学系副主任，分管教学、科研。他深感化学系的科研工作底子薄，水平差，和他进修的斯特拉斯堡大学无法相比，而斯特拉斯堡在世界上并非名校。他看到的差距不仅是学校与学校之间，也看到了自己这个教授与人家教授的差距。好强的老照，食不甘味，夜不能眠，他毅然决定投考博士，不仅仅是为了学历，更重要的是通过读博，提高科研能力。没有读过硕士，有副教授资历可以投考，关键是英语底子太差。老照年届四十开始了第四种语言的学习，凌晨五点起床，午夜十二点以后睡觉。两年苦战，1999年老照考上中科院大连化学物理研究所博士生，又开始了新一轮的学生生活。

贾美林回忆说，我去中国科学院大连化物所攻读博士以后，发现照日格图老师在大化所具有很高的知名度，人缘极好。照老师在他们那一届博士研究生中，年纪最大，但他却是班级里学习最认真、最刻苦的学生。照老师通晓蒙古语、汉语、英语和法语四种语言，成为课题组的美谈。做博士论文期间，他每天从早上七点多就进实验室，晚上十一点才离开，受到老师和同学们的好评。博士们学习紧张，生活单调、枯燥、压力大，照老师经常会在节假日组织各种活动，如打扑克、郊游和游泳等，调节大家的生活。活动中，他所体现出的蒙古族汉子豪爽、幽默和大气，给人留下深刻的印象。

2001年博士毕业，那个年代中科院的博士要去的地方可以说由你挑，联系他去的单位也很多。老照想都没想就回到内蒙古师范大学，他是为了这个学校才去读博的，他忘不了自己的初心，也放不下自己的初心。回到学校的当年年底，照日格图由副主任升任为化学系主任，可谓如虎添翼。这只长了翅膀的老虎雄踞化学系的那座老楼，从早到晚，不是教室就是实验室，要不就是资料室，老婆孩子难得见面，就连系主任的椅子都没时间去坐。化学系老旧落后的实验室原来只是为教学必须开展的实验而建，根本无法开展科研实验。所以，他的科研工作是从建设实验室开始的。

首先在系里成立了天然气化工与材料科学实验室，因为内蒙古是天然气大省，却没有一个相关的研究课题。那时学校科研经费非常有限，实验室是既缺仪器设备，又缺实验材料。照老师一方面向大化所求援，另一方面利用自己的工资和学校发放的安家费购买必要的仪器、材料。

成立天然气化工实验室之后，先后又建成了内蒙古师范大学杭锦2#土开发研究中心（校级）、内蒙古自治区绿色催化重点实验室（自治区级）、内蒙古师范大学绿色催化院士专家工作站（自治区级）、内蒙古水环境安全协同创新培育中心（自治区级）。为今天的内师大化学与环境科学学院奠定了良好的科研基础。还促成化环院与物电院合作建立了"内蒙古自治区功能材料物理与化学重点实验室"，使协同创新研究在校内跨专业开展首开先河。正是因为有了高水平的实验室，才有机会与中科院化学所、内蒙古工业大学联合培养博士，也才有机会聘请物理学家都有为院士、化学家赵进才院士分别做了"功能材料物理与化学实验室"和"绿色催化重点实验室"的学术委员会主任，指导研究。可以说内师大化环院在由教学型向教学与科研并重的转化过程中，照日格图起了关键作用。内师大为数不多的SCI论文也大多来自这几个实验室研究的成果。

2004年，照日格图以优秀党外干部的身份提拔为内蒙古师范大学副校长，但他一刻也没有离开过教学、科研岗位，一刻也没有离开过他钟爱的化学，而是以更大的精力与热情投入到教学科研第一线。从2004年到2016年他生病前，单独或与他人合作，在国内外各级各类期刊发表论文110多篇，有的是国际有影响力的期刊，如GREEN CHEMISTRY（绿色化学。2016年影响因子为8.3）。完成自治区级科研课题14项，国家级课题6项。其中"低碳烷烃选择氧化""杭锦2#黏土资源的综合开发利用"和"绿色有机合成反应研究"取得了具有前瞻性、引领性、开拓性的成果。凭借这三项研究，获得国家发明专利6项，并荣获内蒙古自治区自然科学二等奖、科技进步二等奖、自治区级教学成果一等奖，内蒙古"经济技术创新工程"活动重大创新成果奖。照日格图先后入选"内蒙古草原英才""内蒙古新世纪321人才工程"，被授予"自治区有突出贡献中青年专家""内蒙古优秀留学回国人员""全区知识产权先进工作者"等荣誉称号。照日格图是自治区多项催化转化研究领域的学术带头人，是国内催化领域的知名学者。

刘子忠回忆说，照日格图老师升任学校副校长后，依然特别关注学院的发展。2005年硕士学位点申报期间，他亲自奔波在全国各地，请专家论证我们的硕士点申报材料。最终我们学院得到了物理化学、无机化学和环境科学三个二级硕士学位点，实现了我们学院几代人的夙愿。生病前，经常与我们一起讨论博士点研究方向设置、研究团队的组建、研究特色凝练。就在他化疗期间，当我们班子集体去医院看望他时，他反复嘱咐我们一定要抓住此轮博士申报机遇，做细致的工作，力争成功。

从2004年担任副校长开始，老照几乎分管过所有的学校工作，教学、科研、后勤、财务……哪方面攻坚，他就分管哪方面；哪方面缺人，他就顶哪方面的缺。做分管教学工作的副校长，他坚持以教师教育教学水平提高，带动教学质量提高的理念，主持实施教师教育创新培养模式实验班教学改革；开展"双学位教师教育人才培养模式"改革实践（获自治区教学成果一等奖）；主持制定并实施了《内蒙古师范大学关于建立本科教学质量保障体系的意见》；主持成立了"内蒙古师范大学教师教育研究中心"；坚持开展蒙汉兼通的人才培养模式，主持开展蒙古语授课专业建设，蒙古文教材编写，蒙古语授课教学手段与方法改革等工作。在他的坚持和努力下，内师大的本科教学上了一个新的台阶。

在代钦老师的记忆里，照校长分管教学时，每天七点以前就到学校了，把每一个教学楼都要走一遍，看学生有没有迟到，看老师的教学状态。在他分管教学时，有针对性地出台了许多规范性的制度。

原教务处长王来喜回忆说，2010年他到教务处工作，当时照校长是分管领导。照校长说得最多的话是：要尊重教学规律、不急不躁、不折腾，稳中求进。照校长在工作中，注重细节，小事抓起，着眼未来。分管期间，学校在学分制改革、人才培养方案的修订、质量工程建设、教师发展、课堂教学管理、教学督导与评估、双语教学改革等方面均上了一个新台阶！

内蒙古部分地区处于内陆河封闭流域，水资源贫乏，高氟高砷水分布范围较广，特别是农牧区，饮用水中氟、砷元素含量严重超标，长期过量摄入，会引起慢性中毒。牧区罹患氟斑牙和氟骨症的人比比皆是，严重者会丧失劳动，甚至生活能力。

巴林右旗副旗长斯钦图说："水质问题是造成全旗区域性贫困以及因病致贫、返贫的基础性因素之一，改善水质是脱贫攻坚工程的重要任务，也是实现'健康扶贫'的有效切入点。"

照日格图作为来自草原的蒙古族化学家，草原水质、家乡父老因水而生的苦难，一直是他心头的痛。2015年，了还夙愿的机会终于降临，照日格图牵头申请并获批成立了内蒙古自治区水环境安全协同创新培育中心，在他的努力下，课题组与中国科学院化学所赵进才院士课题组合作。

2015年6月初，赵进才院士、照日格图教授一行赴锡盟镶黄旗、西苏旗、二连浩特和赤峰巴林右旗进行了实地考察，取了二十二个水样进行水质分析。根据水质情况，特别是牧区一家一户居住分散的特点，量身定做了第一批（三十台）光催化／纳米吸附一体化的家用净水器，安装在锡盟镶黄旗三十户农牧民家作为试点。经第三方机构检测化验结果显示，净化后的饮用水氟、砷含量完全符合国家标准。并且，经过近一年时间的观察，水质净化设备性能稳定，农牧民普遍反映日常生活用水质量大大改善。

2016年，镶黄旗取得的成功经验在两市三个旗大面积推广，到年底就安装了七百台。按照老照的宏伟计划，内蒙古所有高氟高砷水地区都要普及安装。检查出病前几天，他还去了锡林浩特调研，回访已经安装净水器农牧民用户的情况，选择下一步安装的地区。但是，壮志未酬，壮士倒下了！照日格图病危期间，念念不忘牧区水净化，和儿子、妻子说得最多的就是这件事。

饮水思源，老照不忘培养他成长的家乡父老，草原喝上纯净水的农牧民也忘不了他们懂得感恩的好儿子照日格图。

记忆中的恩师

学生是老照的财富，也是他的精神支柱。他一生培养了六位博士研究生，四十四位硕士研究生（四位在读），三位外国留学生（一位博士，二位硕士），五位在职教师（二位博士，三位硕士生）。照老师得了重病，和家人一样最着急最难过的是这些学生，他们就是照老师的家人。老师走了，再也看不见他的音容笑貌；老师永生，他活在学生的记忆中。

贾美林：

1999年，是我在内大读硕士研究生的第三年，原本计划硕士毕业后就回校工作。了解到我的想法后，照老师劝导我，说内蒙古师范大学要想成为一流大学，一定要有高水平师资队伍，作为一个年轻教师，各方面条件也不错，不应该满足于硕士毕业，应该有更高的追求，继续攻读博士学位，将来为化学系的发展贡献更大力量。那时我们化学系中没有博士学位的教师，照日格图老师也是刚刚开始在中国科学院大连化学物理研究所攻读博士学位，当时他已经三十九岁了。在照老师的影响和帮助下，我硕士毕业后考取中科院大化所，师从李文钊老师，进行天然气转化方面的研究。回首这二十多年来个人的发展，攻读博士学位无疑是我一生中最重要的决定，而这个决定是照老师促成的。

徐爱菊：

半个月没见老师，就说得了绝症，实在是令人难以接受。我们想去看望照老师，可是他交代我们要好好工作，安心工作，不让我们看望。我们想他太累了，休息一段时间就会恢复健康。2017年开学后，照老师还来实验室指导学生，5月初在照老师的办公室，我们还讨论实验室的工作，研究申报博士学位点的事宜。现在回想，那时距离老师去世也就两个多月。

额日和木：

第一次见照老师是大二，和几个同学掐着点去上上午第一节课，照老师正在田楼二楼巡视，只见他很严肃地站在那里，有责备我们不提前到教室准备上课的意思，但并没有训斥我们。第二次见照老师，成了他的研究生，去他的办公室面见导师，他那整齐的办公桌摆放着各种文件，并把待办的事情摆放在左手边，把已办的事摆放到右手边，显得有条不紊，这给我留下了极深的印象。

张宇：

第一次面见导师，聊了挺久，他说了很多对未来发展的想法，以及我今后进了实验室要进行的研究方向。记得我带了一盒巧克力作为见面礼，可是他坚决不收，说你是学生，我是导师，我照顾你就好了。他是这样说的，也是这样做的，之后的几年，作为他的学生从他那里得到的全是关怀。

张煜琳：

那时候考研自习室短缺，我们经常为没有地方学习而苦恼，是照老师帮助安排了几个自习室专门供考研复习使用。他还悄悄地去考研自习教室看过几回，那时候就感觉心里暖暖的。

崔文静：

在照老师最后的日子里，我曾去医院探望，身形消瘦的他坐在病床上都没有放下工作。我在门口站了许久，照老师都没有察觉，看着他工作投入的样子，干劲儿毫不逊于从前。和他在一起的两个多小时，他忙着接电话、做记录、打电话布置工作……

特日格乐：

和照老师初次见面是一个冬日的午后，在老师慈爱的目光注视下，原本紧张不知所措的心情逐渐平复。交谈中老师一直用蒙古语和我说，觉得亲切又温暖。结束后我欢快地走出老师的办公室，心想：咱们蒙古族里也有如此优秀的科研工作者、平易近人的校领导，暗自庆幸自己遇到了一位好老师。

杨苹：

照老师那天来实验室，脸色有点黑，人也瘦了好多。随后老师问我实验的进展情况，叮嘱我做实验有问题及时和包永胜老师沟通。照老师在病中还记挂着我们学生，记挂着实验室。今年我已经研三，小论文已经发表。老师，您在天堂，希望我的努力您能够满意。

王奖：

博士毕业在即，我还欠一篇SCI影响因子大于3.0的论文，没有这篇论文，拿不到学位，为了这篇论文师生俩真是没少熬煎。2014年3月12日，这是我一生难忘的日子。此前投到 *Chem Cat Chem* 的文章始终没有消息。清楚记得那天我在实验室整理了一天的实验数据，晚上九点多在小憩的间歇登录电子邮箱，想看一下有没有邮件。没想到竟然收到了赵进才老师转来的杂志社邮件：文章有消息了——Accepted， with minor alterations（接收，小修）！我几乎不敢相信自己的眼睛，反复看了好多次那短短的几行英文。我按捺不住喜悦给照老师打电话报喜，没想到，老师比我还高兴！想到跟着导师读博的这几年师生所付出的代价，尤其是老师孜孜不倦的教诲，为培养我付出的心血，我是百感交集，声音哽咽！照老师在电话的那头一个劲说："太好了，太好了！"声音也变了腔调。就在电话里照老师给我开始指导如何修改，师生俩从论文修改说到科研，从科研说到实验，从实验说到推广，越说越兴奋，电话都说得滚烫滚烫！

王旭：

获知照老师得了重病，我怀着十分沉重的心情从长春回到呼市探望恩师。第一眼竟没有认出已经十分消瘦的恩师，看到恩师脸上熟悉的笑容，那一刻真的很心酸！与恩师聊天，才知道恩师从没有忘却自己这个学生，一起回忆在学校的点点滴滴。临近离开，拉起恩师的手，那一刻恩师与我都舍不得松开，双方都想着这也许是最后一面。

孙淑君：

照老师平日里事务繁忙，很多时候都是利用夜里的时间来为我们批改论文，并且第二天就会找我们去讨论论文的修改思路，由于休息时间不够，总能看到照老师疲惫的神情，充满了红血丝的眼睛，声音也有一些沙哑，但是一开始讨论，照老师整个人都会神采奕奕，眼神里充满了对学生的包容与喜爱。

孟根图雅：

毕业了，找工作联系到呼市的一个学校，照老师认识校长，他亲自开着车带我去见校长。我记得那时候老师刚买了一辆新车，是尼桑天籁轿车。坐在老师的车上我特别紧张，一路上都是老师主动说话，我被动回答。最后通过笔试、面试，我被录取了。找到工作后，第一个告诉的人就是我的老师。我记得，电话里老师特别高兴，嘱咐了我好多。老师，我的工作很顺利，希望您不要牵挂。

郑媛媛：

十五年前，我从山东千里迢迢来内蒙古师大，照老师如同慈父，温暖的手扶携我走过最难忘的青春岁月。他会为我的一点小进步而欢喜，还会像朋友一样分享我成长过程的坎坷和不开心。在进行研究生论文写作时，有一次照老师去北京出差，他专门为我买了几本"有效教学"方面的书籍，背上飞机带回来送给我。毕业前我的一篇论文被核心期刊录用了，照老师开心地给我打了电话，还帮我复印了录用通知。

包芳芳：

我是2013年考入内师大数学学院，因为家庭贫困，师大教科院娜日杉娜布其老师对我固定资助，不仅是经济资助，更多的是精神，现在我们就像亲人一样感情深厚。我始终不知道娜老师的爱人就是师大的副校长。照校长去世后，娜老师才告诉我，资助我是照校长在《内蒙古日报》上看见我的情况后决定的。考研也是照校长的意思，当他得知我考上了研究生特别高兴，重病中还嘱托娜老师要一直关心支持我。当我知道这一切，恩人已经不在人世，而我始终未见一面。

王奖博士论文致谢摘录：

恩师照日格图教授对我的关心与指导、宽容与大度、鼓励与帮助，令我时时心存深深感恩与感激之情，总觉得愧对恩师关爱，无以为报！在此，对恩师表示最衷心的感谢和最崇高的敬意！恩师高瞻远瞩的学术思想，活跃敏捷的学术思维，严谨求实的科研态度，事必躬亲的工作风格和诲人不倦的敬业精神让我对投身科研，完成学位论文工作抱有极大的勇气和信心，并给予我深刻的教诲和启迪，令我终身受益！恩师的人格魅力和学术风范时刻感染着我，让我对科研产生"幼儿般的好奇心"，并敢于拥有"探险家般的勇敢"。

崔文静：

照老师离开我们近一年了，想念他的时候我就会打开保存在邮箱里的邮件，一封封地读。照老师寄来的每封邮件的开头都是"谢谢",结尾都写着"祝好"。从2013年6月到2013年12月,是我撰写博士论文的阶段,那段时间我与照老师往来的邮件有近百封。有几次,照老师在深夜发来了论文修改意见,第二天一早照老师还要打电话叮嘱。

孙淑君:

不知不觉,照老师离开我们已经快一年了,我又一次拿出了在我毕业离开内蒙古的时候,照老师送给我的内蒙古歌手的唱片。一首首深情的草原歌曲,又把我带回内蒙古,带回内蒙古师范大学。我永远记得那个充满温情的地方,那里有我最敬爱的照老师。当我听到《鸿雁》里唱道"鸿雁北归还,带上我的思念",不禁泪流满面。

一声永别 没了聚散

2017年7月22日中午,照日格图闭上了他永不疲惫的眼睛,天堂没有责任,天堂没有科研,天堂没有财务,老照,你就放放心心地安眠吧。

7月26日,大青山下的慈安堂举行照日格图的告别仪式,他的学生来了,同学来了,同事来了,朋友来了,亲人来了,赵进才院士来了,教育厅的厅长来了,政协、九三学社的领导来了……所有的来宾都注意到内蒙古师范大学张贴在灵堂门口的"讣告",十八行文字,有十二行是照日格图的职务,我按照标点数了一下,老照除内蒙古师范大学副校长之外,还有十八个正式非正式职务。老照,你是被累坏了!

仪式九点开始,八点半人们就默默肃立在老照的遗体前。正中悬挂着照日格图的遗像,一如生前,露着洁白的牙齿,憨憨地对着你笑。遗像两边的挽联写道:德才兼备为教为师身垂范 学贯中西化人育人气长存。感谢撰联人,也算是老照最准确的盖棺论定。

校长在悼词中说:"斯人已去,长歌当哭。我们要化悲痛为力量,化哀思为坚持,学习照日格图同志学高为师、身正为范的精神风范,学习他严谨治学、勇于探索的科学精神,学习他积极向上、乐观豁达的人生态度,学习他无私奉献、正直清廉的高尚品格,踏着他的足迹继续前行。我们相信,这将是对他在天之灵的最好告慰。"

照日格图的儿子阿日新代表家人读祭文,儿子一米八的个子,神情气质酷似他的爸爸。儿子深情地回忆了他与爸爸亦师亦友的关系。讲述了爸爸和他尝试各种运动,讲述了爸爸和他讨论各种自然现象,讲述了每当遇到困难爸爸对儿子的鼓励,讲述了爸爸自嘲式的幽默,讲述了爸爸开心的大笑,讲述了病危的爸爸看见儿子的博士论文和毕业证书的欣慰，讲述了临终前爸爸把所有的"密码"用短信发给儿子……

阿日新说："做您的儿子我始终感到无比的幸运而倍加感恩！"

念完祭文，儿子在父亲的遗体前长跪不起！

照日格图的骨灰送回他的家乡赤峰市巴林右旗巴音塔拉苏木古力古勒泰嘎查，埋葬在他的父亲的脚下。故乡的热土拥抱了他骄傲的儿子。

我用照日格图学生的话结束这个悼念长文，因为他道出了所有爱戴老照的人共同的心声：

音容犹在，斯人已去。今日我恍恍惚惚踏上归途，送您最后一程，一如我当年懵懵懂懂闯入您门下，拜师求学。十余载师生情深，到最后，人生没了聚散，离人只剩怀念。正直坦荡的蒙古汉子啊，我温暖慈爱的人生导师，终于您摆脱病痛的煎熬，学生眼含热泪看您去到梦中的天堂……

2018年7月22日于内师大

后记

从体例上说，写照日格图校长的这篇应该归入人物通讯，选入散文集有点违和。但从"我有所念人"这个主题来说，我特别想让照日格图占一席。老照离开有五年时间了，常常会想起他。2021年，内师大获批化学一级学科博士学位授予权，实现了老照生前心心念念的愿望，我更想把这篇文章选入书中，以此缅怀老照。

以我这样的业余作者，在作家出版社出书，也许是此生唯一，不把老照列入，怕成为终生遗憾。

2021年10月6日于师大盛乐

客厅里的颁奖典礼

拙作《为苦难而生的母亲》获得内蒙古自治区第十二届
"索龙嘎"散文创作奖，知道获奖消息的那一刻，我告诉天
堂里的母亲：妈妈，儿子写您的文章获了奖，一定是您的在
天之灵庇佑了儿子！我把喜讯告诉妻子，告诉两个女儿，告
诉我的老师李震，告诉我的好兄长刘子安。有一个人我也特
别想告诉他，我知道他会是最为我高兴的那个人。这个人就
是我这篇获奖的散文里暗贬的主角，我的父亲！不管恩还是
怨，这个人离开我已经十四年了，我常常会想起他，想起他
来榆林干部招待所看我，气喘吁吁地爬上五楼，说不出话
来，先坐在沙发上喘一会儿。想起他步走两个小时到榆林东
山我的家里，手里捏着给孙女买的定边奶粉。可惜，他不能

为他的儿子骄傲了，他是一个特别以儿女的成就为荣耀的人，尽管像我这样的儿子内心和他有扯不清的恩怨。

想起爸爸，我想起了爸爸的同事也是好朋友贺长江叔叔。1982年我在神木县文化馆办的小报《驼峰》上发表了写母亲的文章《妈妈》，贺长江叔叔当时任神木县计委主任，也是县里的"大官"，他在文化馆的阅览室偶然看到这篇文章，亲自跑到我当时工作的教研室，坐在院子里花坛的水泥围墙上，从兜里掏出皱皱巴巴的《驼峰》报，开口就说："你爸爸是个好人，我很了解，除了婚姻问题解决得不好，其他方面都没说的。"叔叔晃晃手里的报纸，十分严肃地对我说，"你作为老高的儿子，不该这么写！"现在，我想告诉贺长江叔叔，我也成熟了，在这篇写母亲的文章里，我记住了他的话，正确处理了恩怨，至少没有再伤害一个家庭之外大家公认的好人。可惜，八十二岁的贺长江叔叔深度耳聋，打电话听不见，也不上微信。

大约是在我领奖两天之后，我居然接到了贺长江叔叔的电话，第一句话是："云峰，你得大奖了？祝贺你啊！"我说什么他也听不见，重要的是我什么话也说不出来，心底有无边的潮汐涌起，泪水从眼角悄悄滑落。叔叔的声音很洪亮，中气很足，他说他在阿姨的微信里看到了我得奖的消息。我因为激动、感动，他的话基本没听进去，但是他的高兴、夸奖，我是充分感受到了！叔叔和我爸爸一样高喉咙大嗓子，我恍然觉得电话那边的人就是我爸爸。我敢肯定，叔叔对于什么是"索龙嘎"奖一无所知，但他看到了微信里我举起奖杯的张狂样子，感觉这是个大好事，就跟着由衷地高兴，由衷地自豪。

接到叔叔电话的第二天，我的好朋友也是我大柳塔神府公司教育中心曾经的同事高明利打来电话，说贺书记给他布置了任务，要在贺长江叔叔的老家，也是高明利的老家贺家川为我举行庆祝聚会，和我约定具体时间。

尽管学校诸事缠身，尽管劳驾八十多岁的贺叔叔于心不安，我还是欣然答应，我很想见到这些愿意与我分享喜悦的人。

2018年9月12日晚，我和妻子驾车四百多公里回到神木，第二天一早赶赴贺家川。八十七岁的岳父、八十一岁的岳母也要去参加这个为女婿庆祝的聚会，两位一生从事教育的老师，对别人把女婿称为"笔杆子"特别荣耀。我和妻子带着两位老人，同车还有兄长刘子安，一同到了贺家川。

两年不见，贺叔叔虽然又老了许多，走路也挂上拐杖，但面色红润，神采飞扬，说话越发高喉咙大嗓子，让人觉得像一位退役的大将军。只是耳聋严重到无法和外人交流，完全要靠阿姨翻译。叔叔坐在贺家川村委会院子里的椅子上，我搬了一个小板凳坐在他的膝边，仰着头听他说。

他说："第一次见你，你妈妈领着你，四五岁的样子。"

这都是半个世纪前的事了。

"你圆圆的脑袋，圆圆的脸蛋，很惹亲，你爸爸怎能舍得扔下你们。"

叔叔这样的感慨我听过好多次了。

"你调大柳塔子校当校长，当时有争议，我说，××的小子错不了，果然你当得好。"

好不好要看谁说，我当得不好，叔叔也一定认为好。

来参加聚会的人，还有村里的人，都要和贺书记合影，打断了叔叔的讲述。我注意到叔叔和每一个人照相都把腰挺得直直的，微笑但不失威严，老领导的派头依然十足。

祝贺座谈会在高明利家的客厅举行。参加的人有我的老领导，也是我的长辈贺长江、刘曰谦，老领导朱顺义、刘子安、乔振民、刘文彦、乔万禄、张继贤，我的同辈朋友高明利、贺生忠、杨根喜夫妇、李明泽、贺玉斌、崔喜刚、刘培军、贺春、刘月萍。我的家人岳父、岳母、妻子。两位德高望重的老领导坐在正中，大家围坐在四周。座谈会由高明利主持。

明利一番热情洋溢的开场白之后，首先要我说获奖感言。

我说的第一句话是："感谢我的老领导贺书记、刘书记、子安书记！没有你们的关心、支持、培养就没有我的今天，你们是我一生的贵人。"话一出口，嗓子就哽咽了！关键在"一生的贵人"这句话，是万万不能轻许人的。

当我们一家人挤在一条破船上，母亲用瘦弱的肩膀拉着纤绳，在生活的苦海里跌跌撞撞前行的时候，父亲调离神木远走他乡，临行前给二姐撂下一句话："实在有难处，去找贺长江你叔叔。"算是托了孤。破船烂绳，天天有难处，步步有难处。不能一有难处就去找，但是有了难处心里默默多念几遍这个叫"贺长江"的名字，似乎就有了战胜难处的力量。我记得他在神木城每一个家的地址，无论他搬过多少回家。到神府公司子校工作后，我成了他的下属，有更多的机会接触。有困难怕你扛不住，有成绩怕你骄傲过了头，每到关键节点，总是把你叫到他的办公室，不拐弯，不抹角，直截了当，批评与表扬界限分明。每当这样的场合，我都会感受到父辈般的温暖。

刘曰谦书记也是爸爸的同事，他说，看云峰写的《为苦难而生的母亲》，拿起放下三次才看完，他说这话，我想起"不忍卒读"这四个字。他太了解我们这个家，看着我们兄弟姊妹们如何奇迹般地长大。刘叔叔曾经和爸爸一起住在神木城韩家巷的一个小院。十四岁的二姐被后娘赶出家门，是叔叔的爱人把二姐延揽进自己的家。1995 年，刘子安书记推荐我去神府公司子弟学校任校长，是时任公司党委书记的他力排众议作的决策。当时，我年龄只有三十三岁，是榆林行政公署的一个小科长，敢于把一个有近两千学生，一百五十多名教职工，从小学到中学的一个关乎职工切身利益的学校交给没有学校管理经验的我，现在回头看，要冒多大的风险！我始终没有问刘书记，但我隐隐感到他不仅是帮我，也是帮他的老朋友——我的爸爸。上任时刘书记找我谈话，说："当领导就意味着失去自由，话不能自由说，事不能自由做，饭不能自由吃。"刘书记的话我受用一生，否则，我率性的性格不知会为自己惹下多大的麻烦。回望自己走过的半生，刘书记在我人生苦苦挣扎的关键时刻，拉我进了国企，1997年又提拔我上了处级，使我后来有机会享受年薪，彻底摘掉了贫穷的帽子。

与子安兄结识已经整整四十年了，我们俩的兄弟情义不因地位、贫富的悬殊而改变，不因时间、空间的变化而改变，在我人生每一个重要的关口几乎都有子安兄的参与、帮助。1998年，子安兄调任内蒙古准格尔能源公司任党委书记，顶着种种压力调我到准能公司教育处任处长，拉我走出那段暗淡的人生。蒙古族人有一句谚语说：走多远也不要忘记出发的路，走多久也不要忘记扶你上马的人。子安书记就是扶我上马的人，不管我的路走得好坏，永远铭记他兄长般的关照。

我说的第二句话是："感谢朱顺义老总、杨根喜老兄从榆林赶来，感谢在座的各位兄长、朋友对我一贯的关怀、厚爱！"

我在大柳塔子校当校长时，朱顺义先是电厂厂长，后提拔为神府公司副总经理。有一年儿童节，当时任电厂厂长的朱总用厂里的福利费为每一个孩子买了三斤蜜枣。那一个儿童节孩子们真是甜美极了！三年级的一个孩子在教室黑板上写下："谢谢朱伯伯，祝您儿童节快乐！"一个心里装着孩子、爱孩子的朱顺义从此装在了我的心里。

刘文彦院长是神木的名老中医，他的妈妈是我们村姑娘，按辈分我要叫姑姑，所以刘院长就与我以姑舅相称。从我记事起，就听哥哥、姐姐这么称呼，我长大后也是照着来，这样相称亲切、贴心。刘文彦的中医几乎是自学成才，他头脑聪明，悟性高，有深厚的古文功底。加上阅人无数，对人、对事、对社会有独到而深刻的见解。他对我的文章只评价了一句话："可贵之处在于没有纠缠恩怨。"写母亲的文章本该十年前母亲去世时就面世，就是因为我把握不了围绕母亲的恩怨，不仅仅是与父亲，与她的子女也有恩怨呀。所以，听到他说这句话，我真是要另眼相看这位"医生"。

乔振民县长既是我的老领导，也是文友。一直致力于神木县的文化建设，杨家将研究会系他一手创办，许多文化产业都有他参与策划。一见面就给我榆林报发表的他研究考证神木清代书法家折必宏的文章，这篇文章占据了榆林报整整一个版面，仔细读来，考证有据，评价中肯，史论结合，令人信服。富贵一时，文章千古，是他常说的话。

李明泽与我相识也有四十年了，先是高中同学，后是师范同学，再后来又是同事，还成了我的姑舅姐夫，他与我的关系最为多重。他的老父亲重病在身，他自己腿疼脚疼，也赶来贺家川为我祝贺。

贺玉斌是国家能源集团神木事务中心的主任，公家的百事缠身。为了今天的聚会，半个月前就开始张罗，贺书记是总设计师，高明利和他是总执行人，四十多人的聚会，吃住行样样要操心。从1982年我们俩"建交"，至今也有三十六年了。神木县委、神府公司两度同事，我们俩属于不见面想念，见了面斗嘴仗的"欢喜冤家"。

我说的第三句话是："感谢我的母亲，我所拥有的一切都是母亲所赐！"

小时候，我发现只要我写字看书，母亲就挺高兴，该派给我活儿也不派了。于是，我就经常假装看书写字，装着装着真的入了戏，爱上了看书写字，最终成了一个以看书写字为生的人，看书写字也成了我的生活方式、精神追求。文章写了不少，也投了不少的稿，但退多用少，即使刊用了，也毫无影响。这次写母亲的文章获了奖，打动评委的原因在于写出了那个时代母亲的共性，写出了天下母亲的共性，究其根本，还是母亲的恩赐。而我能够回报母亲大恩大德最好的方式是我能够用她历尽千难万难供我读书学会的写字，写出她苦难的人生、不屈的精神和闪光的大爱。

子安兄发言用真人、真事、真情点评我的文章，不愧为高中语文名师，深中肯綮。

我说的最后一句话是："我获了'索龙嘎'创作奖，内蒙古自治区党委、政府举行了隆重、热烈的颁奖典礼，在那个场合，我非常激动，因为我平生没有过这样的荣耀。今天在这个客厅里举办的'颁奖典礼'我既激动又感动！"说最后这句话又哽咽不能语。

当我坐下来听贺叔叔发言的时候，我看见坐在叔叔身后的岳父垂着他没有头发的圆圆的脑袋，像小孩子一样打盹。岳父今年八十七岁了，我叫他"大大"有三十二年了。和贺叔叔一样耳聋到无法与他人交流。客厅里任何人说话他都听不见，但是他知道这个客厅里进行的是有关他的女婿的活动，所以他一开始端端正正像个小学生一样，乖乖地坐在板凳上，实在坚持不住了，人端坐在凳子上，头垂在了胸前。我的岳父叫贺野民，自己给自己起的名，名如其人，他一生与世无争，行好习善，挣下无可争议的好人名声。

岳母兴致勃勃地听每一个人的发言，岳母也是一个特别以儿女的成就为荣的人，是她撺掇岳父一起来参加这个聚会的。今年八十二岁的岳母，眼睛近视又有白内障，我写母亲的文章她一字一句地读，读一遍至少要一天的时间，读了多少遍她自己也搞不清了，文章里写的每一个故事她都可以复述。

在客厅里的座谈会进行的过程中，妻子贺春芳一直在用手机拍照，她用心地记录下这难忘的一幕。三十二年前，青枝绿叶的春芳跟了我这个一无所有的穷小子，之所以上了"贼船"，是因为"贼"会把钢笔字变成铅字。她和我的母亲一样，喜欢男人读书写字的样子。我的文章得了奖，她比我还要高兴。

贺长江叔叔的二儿子贺春、儿媳刘月萍也是我们的好朋友，他们的儿子贺凯亮在内蒙古大学上了四年学，上学时常来我们家，我和春芳都特别喜欢这个仁义的孩子。他姐姐的婚礼今年八月举行，凯亮在台上客串主持，优异的表现令所有客人赞赏，我们老两口更是心花怒放。我们两家孩子的关系似乎比我们大人更密切。父一辈，子一辈，到我们的孩子已经是三辈，想一想这种传承就让人感动。为了今天的聚会，贺春两口子一直忙前忙后。

聚会的组织者高明利是我小时候就崇拜的文化人，"会写"一直是他的品牌，当他以会写闻名神木的时候我还在高中读书。为了生存，为了他那两个齐头并进的儿子，他扬短避长，当过老师，干过保险，因为高薪水的吸引又到了神华。去年提前退休，可能忽然记起自己曾经是个诗人，写诗祝贺："一个猛子／扎回故乡／叶落归根／我真正回到了家／从肉体到灵魂／我得了人世大欢喜／亲戚朋友／你来我家看我／粗茶淡饭招待你／好山好水招待你。"退休前三年，他就在老家贺家川的旧宅院修起一个小院子，退休后就

293

一个猛子扎回去，练书法写文章会朋友。今天的聚会就在他的小院正房客厅里举行。1997年，我和明利在神府公司教育中心有过一年一起工作的时间，使我有机会了解到这个会写的人表面温和内心的耿直，也使我了解到这个人文章、诗歌写得千姿百态，内心却无比孤独。

哪个人不孤独？正是有像今天这样的客厅聚会，才给了孤独的心慰藉与温暖，才使我们有勇气有力量在人生这条单行道上走向终点。

客厅聚会结束，大家合影留念，秋阳照在每一个人笑盈盈的脸上，相机定格了这难忘的一幕，也定格了我们彼此生命的又一次交集，成为我们永远的念想。好想好想天堂里的父亲也能看到这一幕！

从明利家出来，沿着新建的滨河大堤走向贺家川村委会的过程，明利告诉我，贺叔叔退休以后就致力于家乡贺家川的建设，在二十年的时间里坚持不辍，四处求告，多方筹措资金三千多万元，建河堤九百多米，淤地三百余亩，其中七十多亩改造为公共设施，二百四十多亩改造为农田。在两山夹一川、寸土寸金的贺家川，三百多亩地真是无价之宝。我能想见，一个在国企退了休的老同志，在二十年的时间里为完成这一壮举，费尽了多少心思，付出了多少辛劳，牺牲了多少尊严！

我明白了，一个八十多岁的老人坐在村委会院子里的椅子上，为什么有那么多的人要和他合影。一个无法与人交流的聋老头，为什么有那么多人要和他问候寒暄。我似乎更进一步明白，为什么要把为我祝贺的这个聚会选择在贺家川，也许，在叔叔的心里，唯有贺家川这块风水宝地才足以安放我们叔侄两代人的荣耀。可是，叔叔，侄儿的雕虫小技如何能与您的大爱大德相提并论。

聚会结束好长一段日子了，我的心里总在萦绕贺家川见到的这些人，想着他们的好，各人的好法。从他们我想到，每一个人都应该为他人、为社会留下点什么，我为自己安排的任务是记下点什么。

2018 年 10 月 1 日于呼和浩特

后记

特别感谢所有参加聚会的老领导老朋友，但文章篇幅所限不能一一涉及，敬请谅解！

附录

面对故乡及生活的真情书写

刘绪才

高云峰的散文是以生活的原色为底色的创作，是典型的有时代痕迹的非虚构写作。与其他作家的非虚构写作不同，他的散文立意于在时间的光影中留存生命的底片，在整体上呈现一种个体的生命记忆，呈现出了一种较强的自我言说的话语立场。他的散文取材于自己的故乡及生活，围绕着亲情、乡情以及丰富的社会记忆进行创作，主题集中，但题材又丰富多样，多层面、多角度地展示了自己的生活观察和生命体验。作者对有较长的时间长度的彼时间段生活的观察和生命体验的回溯式言说在重构一种个体记忆的同时，还表达了自己对曾经生活的一种执念。

高云峰的散文选材主要集中于故乡和亲情两个领域。这两个领域题材的散文书写需要直面时间、空间以及或可回首或不可回首的人生体验。相对于书写他领域的人生经历而言，以自己作为观察和抒情的视角赋予了这一类题材的散文该有的书写难度。这难度主要是在于要以自己的人性底色作为题材组合的基础。笔者一直认为散文这一种文体是最为贴近人性的。无论作者书写的对象是什么，总要拿自己的情感和经验去衡量，很多时候甚至需要面对自己最为隐秘的内在世界。更为重要的是，在面对自己的隐秘世界时，考量作者的不仅仅是内在世界的事件容量，更是考量其面对过往的复杂的情感判断力和辨识力。事实上，无论是作者书写外在的客观世界，还是写及自己个体的内在生命经历，在散文创作领域都需要对接作者的个体性、日常性以及私人性。正是在这样一种意义发生层面上，作者处理个体经验的能力成为了衡量其创作选材和题材裁剪是否具有散文本身意义的一个标准。朱自清在《背影》中就很好地通过车站送别的个体场景表达了父子之间的代际情感，继而遮盖了生活事件背后的复杂原态，赋予了散文意义一种开放性的拓展可能。读者阅读高云峰的系列散文也能够读出他在面对时间概念上的童年、居异乡而望的故乡以及不可遏止的流逝的时间时所产生的一种生命沧桑感。这种生命沧桑感赋予了他的散文一种独有的文学意味。

事实上，从文学创作的角度而言，作家面对这种关于故乡和亲情的写作是很难在深度上出现大的突破的。但是，故乡的独异性和体验的个人化特点又往往赋予这种题材的创作更多的意想不到的精彩。正是这个原因，鲁迅笔下的绍兴、沈从文笔下的湘西、汪曾祺笔下的高邮、莫言笔下的高密东北乡等都具备了审美意义上的文学经典性。在高云峰的笔下，我们可以记住陕北榆林神木一个叫高念文的村镇。这里有大的陡坡，有走上半天才能到达的集市，有野外的坟地，有窑洞，有在地上嘶叫的野麻雀，有黑豆秸，有羊羔，有诱人的汽油味儿，更有身体伛偻的奶奶、为苦难而生的母亲，当然还有一个不识愁滋味的少年，一个敏感但又自尊的孩童。正是以这个少年、这个儿童为中心，一个地域特征明显的"故乡"空间才成为了其散文的重要叙事对象，这个少年、这个儿童的行旅以及成长体验成为了叙事的中心。这个空间内的故事、风物以及作者刻意遮掩的情感和有意袒露的情怀消除了这个陕北地域对于读者的陌生化，高云峰笔下"故乡"的文学性逐渐显现出来。

但是，上述这些关于故乡的地方性知识的描写仅仅是对地方物质的有意识的呈现，而在这些表现的后面，读者应该读出一个远离故乡的"我"的怀乡情怀。作者采用这种典型的回溯式童年叙事视角，给读者呈现了一个远距离、有年代感但又不昏黄的"原乡"想象。作者对"原乡"的想象是立足于自己的童年切身体验的。在他的记忆中，上个世纪六十年代家乡父老乡亲的群像："晚春时节，天气温暖，天空湛蓝，明晃晃的阳光下，人们一个个脸上热气腾腾，本该换下棉衣了，可是很多人还是穿着棉袄，热得不行，就敞开怀。更多的人，和我一样穿夹袄，就是把棉袄里的棉花挖掉了。来来往往的人一个个精瘦精瘦，衣服颜色是一色的黑。人们的脸色也是黝黑……黑就成了集市的底色。"（《赶集记忆》）关于亲人的回忆，如奶奶："奶奶在我的记忆里，就是一个拄着拐杖，摇摇晃晃独往独来的小脚老婆婆。有时候一个人站在硷畔上，佝偻着身子，撑着枣树枝做成的拐杖，望着村口，久久伫立，若寒风中的一棵苦杏树，孤零零地枯瘦。"（《奶奶　你是风中的一片枯叶》）如母亲："母亲一年四季除了下地干农活做饭洗锅，手里总有针线活，不是织毛袜就是纳鞋底。冬天的晚上，煤油灯下，一夜一夜地熬。积劳成疾，母亲患上严重的支气管炎，咳嗽一声接着一声，煤油灯下熬夜做鞋缝衣却不能停息，常常是鸡叫了，才和衣而卧。睡梦中会被母亲的咳嗽声惊醒，睡过去，再醒来，母亲还在边咳边做。有时，是一边唏嘘哭泣，一边做针线活，先抬起衣袖擦眼泪，再把针扎进鞋底。她没有停下来痛哭的时间，也没有停下来生病的时间。"（《为苦难而生的母亲》）通过这种切身的体验叙事，作者再次回到了故乡，让回忆发声，将情感深埋其中，真正激活了"故乡"的文学性。

解剖其散文的叙事结构，可以发现，"故乡"在他的笔下被悄然置换成了散文文本中存在的"原乡"这一情感意象。"原乡"相较之于"故乡"是被剔除了异空间"侨寓"意识的一个概念，"故乡"带有较为丰富的异地性想象，而"原乡"则强调在地性和时代感，这个概念排斥虚拟和想象，体现了强烈的写实味道。正是这种强烈的写实性与自叙传的创作，以最原始的生存欲望为基础，消弭了作者创作时的"望乡"姿态，让读者真正融入了带有年代感的故事氛围。

需要强调的是，与其他的强调"望乡"创作立场的作家不同，作者始终在强调一种写作的在场感。在他的散文中，无论是对童年记忆中赶集场景的呈现，还是写及自己所饲养的黑山羊；无论是写到偷生产队粮食的奶奶，还是写到为苦难而生的母亲；无论是写及在赛跑中磨破的双脚，还是在呈现农村通电的场景，作者都在强调一种事件发生的即时性。这是一种较为典型的还原历史的自我叙事策略，这种自我叙事策略强化了事件发生的现场感，赋予了他的散文一种饶有时间趣味的文本间性。

在高云峰的散文中，对话性是一个重要的写作特点。文学创作，尤其是散文，带有极强的对话性。这种对话性在他的笔下有两个层面的体现，一是与历史中自然风物、故事及人物的对话，一是与自我的对话。这种潜意识中的对话意识给他的散文创作带来了别样的风景，既激活了历史，完成了审视历史的文本意义，强化了历史感，又通过自我的对话及反省，深化了文章的意义空间，突出了散文的哲理性。

　　与历史中自然风物、故事及人物的对话，延展并丰富了他的散文的文本厚度。高云峰的散文，除了对故乡的倚重，还善于筛选生活中的典型事件，通过生动的细节描写，激活了那些被皇天后土湮没的小人物、烟火气、流年的光影、掩映在土房子中的琐碎的人情世故等，既唤醒了自己的记忆，又完成了与亲人、乡土风物、时代印记的对话。但是，他并不是简单地将"故乡"前置，而是在表现故乡的文字中，将故乡置于历史、时代的氛围中，将个人的观察、体验作为文本推进的内驱力。在他的笔下，少年时期有机会去赶集是一件奢侈的事情，"上世纪六十年代末一个春天，在我的脚力可以往返走四十里山路的年龄，二哥领着我去公社所在地花石崖赶了第一次集"；他写花石崖，"陕北的村镇大多在山沟里，花石崖更典型，四面是高高的黄土山，一条小河由北向南，东面的山起得稍缓一些，山洼上背北面南坐落了一百多户人家。西面的山起得急，在山根修了供销社、粮站、邮电所等人民公社的机关";他写让他铭记一生的攀爬死汉渠去偷黑豆的经历,"我开始从渠底往坡顶爬。早晨的初阳照着凝霜的土地,四野寂静无声,头顶有鸟儿啾啾叫着飞过。我的眼睛不敢向四周看,连走带爬,气喘吁吁直奔黑豆盘。按照奶奶的吩咐一抱取一小把,刚取了一小把,就听见有人厉声大喊!吓得我扔掉黑豆秧,连跌带跑奔向坡底"。这样的书写细读起来不就是一个个典型的趣味盎然的成长故事吗?然而,在平缓的叙述背后,作者让故乡、让亲情蒙上了历史的沧桑感,写人物突出打上历史印记的故事情节,写故乡时又较为轻松地跳出小我的记忆,让时代出镜。就这样,作者建构了一个个体——时代互文的文本结构。

细读之下,他的散文确实存在一种与老友对话的叙事特征。更为重要的是,作者在创作中格外重视与自我的对话。在西方,与自我的对话是产生哲学的基础,而这种对话中的对谈、停顿、诘问、否定乃至自我的戏谑等都构成了文学哲理表现的重要机制。

在他的散文中运用最多的是对谈和自我的戏谑。对谈对于他的散文而言,具体体现在行文的口吻和内在的叙事节奏把握上。在《我与房子》中,作者写到了房子对于爱情、婚姻的重要性,"如果你不准备将来结婚,那么你现在得有房子,这个逻辑很严密,无隙可乘。能不能和自己爱的人成一个家,得有一个房子,房子是家的前提,房子是安顿爱的地方，这没错"。在《奶奶 你是风中的一片枯叶》一文中，作者写道："那个年代，生与死都是稀里糊涂的。孩子生下来是命，夭折也是命。活下来的是运气，走了的，也没人准确地知道是什么原因。对于逝者，妈妈记得，但也只能把这份记得深深地埋在心里。"一句话道出了那个时代作为母亲的不易，这种体会的背后体现的则是作者对于生命的深刻体悟。至于自我的戏谑，作者在文章中曾经写及小学比赛百米跑的经历，穷人家的孩子自尊、自强，但是赤脚跑完拿了第一名之后双脚的疼痛却给了作者一种深深的体悟，作者写道："虽然小组得了第一名，但不能参加第二次复赛，算弃权，无缘奖励。我坐在小河边灰溜溜地痛了好久，脚痛心也痛。"这种自我的戏谑并没有带给文章一丝轻松甚或幽默的色彩，而是将自己少时那种源于家境的窘迫感写了出来，对一个情绪落寞的少年的描写实在让人难有轻松之感。

除了上述的特点之外，高云峰的散文还特别重视细节的描写。对于文学创作而言，细节描写是一种特殊的行文癖好。细节描写虽然可以放大时间和空间的特定情节，但也容易造成一种刻意的文本冗长感。但是，好的细节描写却是具有惊撼人心的魔力。在高云峰的散文中多处可见这种对接了生活经验的细节描写：

六十年代末，我们家就好像一条在风雨中逆水而行的破船，船上挤着瑟瑟发抖的五个孩子，不会驾船的母亲用瘦弱的肩膀拉着纤绳牵着这条破船，为了船上的人能够活命，母亲在风雨中拼尽全力，以命相搏。仔细算来，那时母亲还不到四十岁，腰背佝偻，身材瘦小，面容沧桑，眼睛不大但有神、秀气、灵气。

……

尽管磨磨蹭蹭，我还是下到院子，还未站稳，屁股上就是一顿乱抽。

我还没哭，母亲先哭了，她拉我走到掉下来的麻雀窝边，那几只小雀儿奄奄一息，母麻雀围着自己快要死去的孩子一边转圈一边嘶叫，并不怕人。母亲指着地上嘶叫的母麻雀说："妈妈就是这只母麻雀！"话未说完，泣不成声。尽管懵懂，我还是恍然明白了母亲的心，想起我们这个家，想起母亲为儿女所做的一切，心如坨针条在掏。

——《为苦难而生的母亲》

实谷不华，至言不饰。在上述文字中，精心设计的细节描写为散文增添了撼动人心的力量。在这里，细节催化了真情，使得文章生动、真实，激发了读者情感上的共鸣。这一瞬间的样貌和情节的描写，融入了作者深深的情感，唤醒了其文章所蕴含的传统人伦之美，真正起到了细微之处有真意的效果。这样的细节描写是绝对能够给读者留下长久的记忆的。

好的细节描写，还可以强调事件的现场性、画面性和抒情性，充分拓展散文情感的层次性，有助于建构文本主题的丰富性和多义性。在散文《点点滴滴在心头》中作者写道："也不知道为什么，我那时有那么多要进城办的事，几乎把有自行车的老师借了个遍，不止一圈。我知道老师们把自己最心爱的物件借给学生'侵害'是多么的不舍，再说，进城的那道坡又坑洼又长。为了缓解老师的心痛，我是这次借这个老师的，下次借那个老师的。几圈下来，深深体会到给我们教文学概论的杨希老师最好说话，出借的态度落落大方，既不问你进城干什么，又不限制你还车的时间，还亲自用钥匙把车锁打开，把车子搬到门外，把车子交到你手上时，一定会说同样一句话：'咋慢点，注意安全！'"作者在这里写的是上大学时借老师自行车的故事。这样的昔日场景的描写，强化了故事所折射出的时代风貌和人情伦理。作者可不是在简单地复述昔日师生情感的珍贵，他还要借助这样的一个故事来展现昔日生活的历史斑斓。而对于这样一个昔日生活的历史斑斓的表现，大大扩展了散文的主题空间。

王安忆曾这样评价汪曾祺的散文："总是最最平凡的字眼，组成最最平凡的句子，说一件最最平凡的事情。轻轻松松带了读者走一条最最平坦顺利简直的道路，将人一径引入，人们立定了才发现：原来是这里。"高云峰的文字也通过类似于此的一种叙事，面对故乡、故人，尤其是面对自己的内心，形成了有特色的个人叙述模式。在他平凡的叙事中，有心的读者是能够读出一个人的旧时光和有故事的曾经的。而再细读，读者或许还能读出一份面对过往的坦然与从容的心态。作者曾说自己笔下所写的苦难与含泪的快乐并没有写出苦难在人间的普遍性来。但是，作者笔下所及的这类题材，正是在此意义上建构了平凡人众面对生活的灰暗和琐碎所应有的一种达观、向上和乐善的普遍价值。而这些情绪的表达，才是好的散文应该带给读者的东西。

（作者系内蒙古师范大学中国现当代文学专业教授，文学博士，中国现代文学研究会理事，内蒙古文艺理论研究会副会长）